CB072411

# BILHAR INDISCRETO

**Outra obra do autor publicada pela Editora Record**

*Jardins assustadores*

**BILHAR INDISCRETO** MICHEL QUINT

*tradução de* André Telles

EDITORA RECORD
RIO DE JANEIRO • SÃO PAULO
2005

CIP-BRASIL. CATALOGAÇÃO-NA-FONTE
SINDICATO NACIONAL DOS EDITORES DE LIVROS, RJ.

Q65b
Quint, Michel, 1949-
   Bilhar indiscreto / Michel Quint; tradução de André Telles. – Rio de Janeiro: Record, 2005.

   Tradução de: Billard à l'étage
   ISBN 85-01-07221-4

   1. Ficção francesa. I. Telles, André. II. Título.

05-0387
CDD – 843
CDU – 821.133.1-3

Título original em francês
BILLARD À L'ÉTAGE

Copyright © Calmann Lévy, 1989

Projeto gráfico e foto de capa: Leonardo Iaccarino

Todos os direitos reservados. Proibida a reprodução, no todo ou em parte, através de quaisquer meios.

Direitos exclusivos de publicação em língua portuguesa para o Brasil adquiridos pela
DISTRIBUIDORA RECORD DE SERVIÇOS DE IMPRENSA S.A.
Rua Argentina 171 – 20921-380 – Rio de Janeiro, RJ – Tel.: 2585-2000
que se reserva a propriedade literária desta tradução

Impresso no Brasil

ISBN 85-01-07221-4

PEDIDOS PELO REEMBOLSO POSTAL
Caixa Postal 23.052
Rio de Janeiro, RJ – 20922-970

EDITORA AFILIADA

*Para Jack Delobel,*
*que sabe do que estou falando...*

# 1

A primavera chegava suavemente.

Pela porta deixada aberta pela primeira vez na estação, ele entrou, enxugando as mãos em um lenço de papel. Amarrotado, abandonado no balcão, aquele lenço foi a única flor jamais deixada ali.

Entrou e se acotovelou, rosto apontado para as garrafas alinhadas, os rótulos desbotados, as aguardentes e os vinhos suaves, o relógio parado oferecido pelas cervejas Phénix, as fileiras açucaradas dos licores cujas cores vivas reviviam a transparência do vidro. A salvo, no fundo dos frascos em que mofavam borras escarlates ou verdes, bagaços de frutas como a lembrança de uma carícia. Sorria consigo mesmo. Louro, franzino, estatura mediana, hirsuto, camisa branca de colarinho aberto e calça de flanela cinzenta, com uma mancha de graxa na manga esquerda do paletó. Sorridente, comportado e silencioso. O gato Bertolt, na ponta do balcão, evitou sua carícia. Talvez ele fosse daqueles que não precisam beber. Basta pensar no que vai pedir e a sede vai embora. Nada como dizer "Uma cerveja!" ou "Um chope", uma garrafa, uma tulipa, uma caneca, uma pinta.*

    Zé sequer prestava atenção nele. Da cadeira de bambu, equilibrado nas pernas traseiras, bem no fundo de fileiras de mesas desocupadas, através dos vidros irisados da grande varanda vazia, ele observava o balanço pendular dos mastros e das velas enroladas, tímida floresta. Para o porto ali perto, para as pessoas eventualmente no cais ou para os carros que ali davam meia-volta, pouco estava se lixando. Só revirava os olhos para as vergas amolecidas. Bertolt, roliço bichano tigrado, achado no dia do aniversário da morte de Brecht, em agosto, e assim foi chamado por essa razão, lambia o fundo de um pires de cerveja. Em seguida, iria estirar-se no aparador de fórmica branca entre os copos com anúncios, roçando-os com o dorso. Só quebrava um se estivesse realmente bêbado. O que acontecia com freqüência. Depois, cochilaria encostado na cafeteira. Cada um tem seu lugar para contemplar o mundo.

    Zé achava o seu mais filosófico. Retraído. Ao seu lado, a bojuda jukebox Würlitzer declinava seu arco-íris de néons nervosos: uma puta velha decadente com os cílios borrados, piscante, o abaulado da sobrancelha de vinil bem no lugar, E4,

---

*Medida de capacidade para líquidos, equivalente a 450 ml. (*N. do E.*)

D7, pronta para tocar a música lenta dos seus vinte anos. É só introduzir a moeda e você tem direito a três rodadas. Aproxime-se, garoto, você não conhece o arrepio da saia engomada, a vertigem do sutiã meia-taça! Uma máquina veterana que sabe como ninguém onde tocá-lo. Zé a autorizava a funcionar com o olho, não mais que isso. Excitar ao seu bel-prazer, sim. Prometer "Besame mucho" e "Dipinto di blu", de acordo. Mas que um cliente vá esfregar os quadris diante do seu olhar míope fazendo a moeda tilintar dentro do bolso era um sacrilégio, uma violação de relíquias. Fora de questão. Uma casta peregrinação, a boa distância, por que não, a homenagem respeitosa, Zé não era contra. Mas que parassem por aí. Passada a última mesa alta, dado o último passo que permitia o acesso ao teclado, a ofensa começava. E Zé não respondia por si mesmo. Teria matado o imbecil capaz de apertar, por acaso ou nostalgia, F2, "Smoke gets in your eyes", dos Platters. A ele, que não fumava, esse disco sempre fizera chorar. Na melodia, passavam lembranças de fim de noite, a aurora iluminada por uma jukebox globular parecida com aquela...

Talvez não tivesse matado o imbecil, mas machucado seriamente, com certeza. No mínimo, teria desligado o aparelho. Com um golpe seco como um tapa. Por sinal, fazia isso sempre que havia estranhos.

Sem modificar seu equilíbrio nem o horizonte do olhar, Zé viu com o canto do olho o homem voltar a cabeça, desprender-se do balcão e vir em direção a ele, sorridente, silencioso, em meio aos odores ruidosos que chegavam pela porta aberta, despertando os bolores adormecidos do bar. Ouviu-o ler à meia voz a tabuleta verde com as três bolas pintadas afixada sobre a escada: "Bilhar no andar de cima." Em seguida colocou seus pés miúdos nos degraus.

Depois que o homem subiu, afora o lenço de papel esquecido ali, foi como se ninguém tivesse entrado.

## 2

Tinha a impressão de andar no teto, de cabeça para baixo. Certamente por causa das nove vigas de madeira bem lisas, grossas, que atravessavam a sala em toda a extensão do assoalho. O bilhar, assentado no meio sob uma tripla luminária, abrangia duas delas. As outras impediam que fossem colocados móveis contras as paredes caiadas. Pendurados, apenas a taqueira entre as duas janelas que abriam para o porto, um marcador de pontos preto e branco, gênero ábaco chinês, e uma lata para o giz azul. As três bolas também eram guardadas na lata. Nada senão isso no recinto tão grande quanto o bar, sem janelas ao fundo. Nada senão um almanaque dos Correios e Telégrafos de 1968, em que um carteiro de brilhantina estende um telegrama a uma garota de minissaia. Sequer uma cadeira. A bem da verdade, ao sair da escada, na contraluz, ele achou a princípio que estava penetrando numa antiga capela de aldeia onde mofava um cadafalso desconjuntado, forrado com feltro verde, entre bancos rústicos, diante de um crucifixo pagão com os braços desconjuntados. Foi só ao transpor as vigas para chegar às janelas que sentiu a estranha sensação de ausência de peso.

A corrente de ar por ele provocada recolocou as coisas no lugar. Conseguiu se apoiar com as duas mãos no parapeito, inclinar-se para fora, sem a menor vertigem. Embaixo, via o telhado envidraçado da varanda, suas mesas e mesinhas altas de ferro laqueado, as grandes letras azuis em equilíbrio que diziam, ao avesso, "Bar de la Marine". O cais enrolava-se calmamente em torno do pequeno porto quase exclusivamente povoado por embarcações de recreio ainda fechadas, cobertas por lonas, e alguns pesqueiros. Do outro lado, confundia-se com a estrada que dava acesso ao lugarejo, que corria sob uma colina escalonada por casinhas brancas, com persianas pintadas de azul e verde-claro, atravessadas por escadarias que se perdiam nos pinheiros do cume. Depois se alargava na ponta da enseada, tornando-se uma praça de difícil acesso com um quiosque de música, ladeada por um comprido prédio amarelo de um andar que lembrava um arsenal, antes de se esticar até o bar numa fileira de prédios seguramente idênticos aos do outro lado. Aliás, uma escadaria colada no muro da esquerda subia por patamares, conduzindo às casas que ficavam nas colinas. Logo depois do bar, passado o arremedo de quebra-mar, o cais se extinguia, detendo-se num terreno baldio ensaibrado. Um caminho que subia, largo, de terra batida, prolongava-o num pinheiral debruçado sobre o mar. Uma trilha de fiscais e guardas da alfândega. O carro estava parado justamente no começo, nariz apontado para o horizonte. Mais além do arsenal, o mar também se adivinhava numa espécie de azul suave que tisnava o céu.

Uma quase ilha da qual só se podia sair dando meia-volta ou pegando a barca costeira, de cujo convés subia um estandarte em compensado com um robalo entalhado. De sua janela o homem não conseguia ler o nome das cidades de destinação, mas o barco, ausente naquele momento, ou a companhia, chamava-se *Aulis*. Estava escrito em letras falsamente gregas no estandarte. Uma quase-ilha qual um punho fechado pela metade, pronto para agarrar o pequeno porto no vazio da palma da mão, entre Marselha e Nice. Aproximadamente. E nada mudara. Em mais de vinte anos, talvez vinte e cinco ou trinta, nada. Nem mesmo aquele bar. Se não estava enganado, ele de fato acabara ali onde julgava encontrar-se agora.

Virou-se e se sentou no parapeito da janela, deixando o sol carinhoso aquecer-lhe os ombros. Agora percebia que, simplesmente, o assoalho nunca fora colocado sobre as vigas da sala e que, portanto, o teto do bar o substituía. Negligência, falta de dinheiro no momento da construção? O resultado era a reunião fortuita do céu e da terra, um não passando da face oculta da outra. E o mar cercando tudo. Um lugar onde um deus podia instalar seu quartel-general para vigiar seu pequeno mundo. Pegou as três bolas empoeiradas na lata pendurada na parede, um taco na taqueira e dirigiu-se para a mesa de bilhar.

Prestes a dar sua primeira tacada, atrapalhando-se com uma viga sobre a qual teve de se ajoelhar, percebeu que se tivesse um fuzil com binóculo, na mesma posição, seria capaz de desferir um tiro na cabeça de qualquer idiota no cais oposto. Até mesmo dentro de um carro. Bastaria vê-lo desembocar pela janela da direita e disparar no momento em que atravessasse a da esquerda. Brincadeira de criança. Depois era só embarcar no *Aulis* pronto para aparelhar, ou numa lancha alugada, e adeus rapaziada. Dali podia-se apontar as janelas com o dedo, fazer a volta do porto a toda velocidade, o primeiro espertinho que emergisse da escada só encontraria um jogo abandonado.

Fez o taco deslizar. A vermelha pelo lado, duas tabelas no canto e a branca.

— Pena — soou uma voz tranqüila por trás dele.

Zé mantinha as mãos no fundo dos bolsos da calça. Era tão alto que se via obrigado a dobrar o pescoço no alçapão da escada. Suas coxas estufavam o jeans, e a camisa quadriculada em azul parecia impedi-lo de cruzar os braços. Porém, seus cabelos mal cortados eram todos brancos. A barba de três dias também, sobre sua cara de pirata de Saint-Tropez.

— Joguei com muita força.

Zé balançou a cabeça. Era uma explicação. Errara por pouco. Às vezes não é preciso muita coisa. Será que passara giz o suficiente, será que não escolhera o taco rachado?

— É possível. Além disso, o senhor estava mal colocado por causa da viga.

— Isso não é uma desculpa. Digamos que estou perdendo a mão.

Tinha a voz sombria, velada, estranhamente doce e sedutora, que contrastava com o timbre claro, cristalino, de Zé. Sua segunda tacada, em uma tabela, reagrupou as três bolas. A seguinte amontoou-as num canto e ele conseguiu uma bela série, dosando graciosamente os retornos. Regularmente, tirava de um bolso do casaco um quadrado de giz, sem procurar, como se nunca tivesse saído dali, e o esfregava no couro do taco. Começara a passar de uma viga para a outra e parecia sentir prazer em jogar quase ao nível dos pés, sem abandonar as bolas com olhos, desfechando seus golpes agachado, de joelhos, uma nádega apoiada na lateral do feltro verde, de frente, de costas. Encostado entre a escada e os puxadores fechados do único armário do recinto, enfiado diretamente no vão, Zé via-o contornar a mesa, voltar sobre seus passos, depois as bolas carambolavam surdamente. Em momento algum o homem parara de sorrir, até errar um pequeno *rétro** com um barulho ridículo de madeira rachada. Largou então o taco e desceu da viga sobre a qual estava equilibrado.

— O senhor conhece um bom mecânico?

---

*Movimento do bilhar, também conhecido como "efeito retrógrado". Os termos do jogo foram mantidos no original considerando que as confederações brasileiras os adotam dessa maneira. (*N. do T.*)

— Samson. É o único. Faz Renault, mas se vira com qualquer outra marca. A não ser quando, às vezes, as peças... Uma cerveja cairia bem? Não se mexa, eu volto e fazemos alguns pontos! Vamos ver quem perdeu mais a mão!

Ele não se mexeu. Um milímetro. E Zé o reviu com o mesmo sorriso largo quando subiu com os chopes espumantes. Esquisita aquela impressão repentina de que já se conheciam há tempos! Não como os outros freqüentadores, Samson, Bastien, Chef, Violette do corpo de lua. Não, era antes a figura de um colega de formatura que depois se perdera de vista. Dá vontade então de lhe perguntar sobre os pirralhos, a mulher, o que ele faz, que trabalho, o quê, e aquela coitada da Bernadette, você sabe muito bem, a ruiva, sempre de saia plissada com meias soquete brancas, e contar os truques sempre fracassados com ela, ainda mais verdadeiros e agradáveis que o tabefe tomado quando ousaram tocar naquele peito caído. E ainda que Zé não o conhecesse de lugar algum, desdenhou a nota de cem que o homem acabava de sacar.

— Quer colocar o jogo a dinheiro?
— Não. Pagar as cervejas.

Exatamente o que Zé julgara compreender. Fora de questão. Um simples freguês não seria capaz de carambolas tão perfeitas. Há muito tempo Zé não encontrava alguém à sua altura. Escolheu um taco, lançou ao mesmo tempo um olhar para o cais:

— Seu carro é aquele ali?
— É.
— Qual o problema dele?

— Não sei. Não está mais pegando. Ou melhor, parou de repente, como se quisesse ficar ali.

Zé apertou um velho interruptor, voltou o ábaco ao zero. O pano verde vibrou sob a luz crua.

— Vamos mostrá-lo a Samson. Ele sempre passa por aqui à noite.

— Samson... Bonito nome.

— Mas ele se nega a dizer o nome verdadeiro. Todo mundo diz Samson. Sabe-se lá por quê! Pode começar.

O outro ainda sorria, cédula na mão. Enfiou-a de volta no bolso e pegou seu taco. Zé arrumava as bolas.

— Já comigo, desde pequeno, só me chamavam de Zé. Diminutivo de Bénézet. Exatamente como o nome da ponte de Avignon... E o senhor, como se chama? Se me permitir!

Os cubos de giz giravam na ponta dos tacos e manchavam a camisa de Zé. Os olhos não ultrapassavam mais o retângulo de feltro. Do lado de fora os mastros estavam quase imóveis. O homem retomou sua posição de há pouco, os dois joelhos sobre a viga, esperou ter acertado a primeira tacada para responder, preparando a segunda:

— Qual é o santo de hoje?

Zé deu alguns passos até o calendário desgastado:

— Saint Joseph.*

— Então digamos que seja Joseph. E não precisa me chamar de senhor.

---

*No Brasil, Saint Joseph é conhecido como São José. (*N. do E.*)

3

A partir de agora, tratavam-se de "você". A partida acabava de terminar, a noite começava a cair, densa: a espuma da terceira cerveja secava no fundo das canecas. Se as lâmpadas baixas não tivessem sido acesas, as sombras luminosas das duas janelas teriam se confundido no retângulo do feltro. Estrelas ali seriam espetadas, a Grande Ursa ali se afogaria. Pouco importava quem tinha vencido, olhavam-se com outros olhos. E Bertolt virava-lhes as costas. Zé explicou o porquê daquele nome.

— Ah! — fez Joseph.

Nunca tendo entendido nada de bilhar, Bertolt cofiava seus bigodes. O focinho conservava os vestígios de um camundongo de passagem, de um gorducho roedor o qual ele deve ter feito berrar sob suas garras, deixado escapar, recuperado contra um degrau, rasgado com um arranhão no mais tenro do pêlo cinzento, observado cair já semimorto! Para finalmente desdenhálo, aberto e agonizante, e ir se lamber o pêlo depois, vencedor amargurado. Abandonara a presa para algum outro. Cardápio ridículo, tira-gosto, e paciência se fosse o último. Já ronronamos bastante, não é verdade, Zé? Bertolt virava as costas, nostálgico, excluído do paraíso dos felinos.

— O que veio fazer por essas bandas?

Um ombro contra a parede, o traseiro sobre uma viga, Zé mantinha seu taco na dobra do braço, alabardeiro esgotado. O frescor úmido arrepiava-lhe a pele. Joseph tinha pendurado seu casaco no prego do calendário e permanecia, com as mangas arregaçadas, mãos nos bolsos da calça, em frente à janela que ele novamente abrira. A lua depositava moedas de prata na superfície do porto. Reluziam por um instante, depois o marulho as abocanhava e submergia até o limo do fundo como prêmio desperdiçado de uma traição. Joseph suspirou:

— Matar o tempo.

O flash de um perfil, a metade do sorriso de Joseph, e Zé voltou a sentir aquela impressão de familiaridade. Aquela forma de ficar imóvel, de mal virar o pescoço.

— Baixa temporada.

— Paciência, com certeza vou encontrar alguém para resolver o problema.

O riso deles fez tilintar as vidraças capengas das janelas. Quem poderia acreditar que houvesse tantos ah! ah! em Joseph e Zé? Não Bertolt — que escapuliu, ancas medrosas, toda dignidade felina abolida, revelando suas ceroulas de pêlos brancos sob o manto tigrado. Adeus, camundongo, adeus, carícia, esses dois aí têm mais o que fazer.

— Não tem problema — enumerava Zé contando nos dedos. — Você vai assassinar meus adorados fregueses? Ainda restam um médico que tenta bancar o prefeito, um farmacêutico abastado, comerciantes pacientes, funcionários amuados, jovens bem-intencionados... Escolha!

Riram mais. Joseph agora de frente, janela fechada. Atrás dele, as luzes do porto eram acesas e faróis de carro cruzavam de tempos em tempos as intermitências de um marco na ponta do quebra-mar. Ele ria bem mais alto que falava, como se efetivamente esperasse se divertir para dizer alguma coisa que não conseguia justamente porque estava rindo. Zé espreitava aquele alargamento do sorriso, os vincos no canto dos olhos, a lufada de alegria sacudindo os cabelos rebeldes. Joseph retorcia-se em dó maior. Zé mugia em fá. Amizade esquisita, que vinha de bem mais distante que a mesa de bilhar, provocava-lhes comichões nos lábios, mas, sobretudo, nenhuma palavra sobre o assunto. De repente se calaram, suspirando simultaneamente, e Zé se levantou, indo recolocar seu taco na taqueira. Joseph fez o mesmo.

Estavam cara a cara, o sorriso de um nas rugas do outro, um pianista sem teclado, rosto amarrotado porém sereno de um dia seguinte de concerto, e um corsário aposentado, fazendo as honras do porão de um navio naufragado para o seu frágil prisioneiro.

— Está esquecendo alguém — insinuou Joseph.

— Quem seria?

— Você.

— Se você me matar, com quem jogaria a partida?

— Muito justo: Zé, o bilhar está salvando sua vida.

Zé repuxou os beiços. Uma caricatura de sorriso. Bertolt também careteava ao tentar imitar o piu-piu dos passarinhos. O que haveria de sério naquela piada de botequim? Será que um assassino de aluguel vindo em outros tempos era parecido com Joseph? Afinal de contas, nunca sabemos com quem estamos lidando. Mas não, não um sujeito que gargalha tão alto e toca em sua bola de bilhar como este!

— Vou acender lá embaixo e tirar mais duas cervejas: se Bastien chegar, vai achar que já morri porque em geral fico no escuro. Ele sempre me diz isso!

— Bastien...?

Zé não precisou responder. Dos porões da varanda subiu o eco de um estrondo e a voz escangalhada de uma velha draga. Bastien e seus palavrões para o guarda do porto.

— Ô Zé, você morreu dessa vez?

Zé transpôs as vigas até a escada:

— Está vendo! O que eu dizia?

E mais alto, a Bastien:

— Claro! Mas esta noite os fantasmas vão para a esbórnia!

E Zé desceu, depois de um rápido olhar zombeteiro. Joseph

sentou-se sobre a viga do canto, a que ficava colada na parede da fachada. Fiapos de cumprimentos, plops de rolhas, o assobio da bomba do barril de chope mal ajustada, um miado de Bertolt, a calma cólera de um copo se quebrando, onomatopéias discordantes rompendo o horizonte de uma conversa gravemente ronronada, o pequeno pigarro esporádico de uma vida insípida. Era bom.

Em seguida, mais pessoas no bar, *você, eu*, ohs! e ahs!, tapinhas no ombro e o silêncio das mãos apertadas e o das gargantas idem, o que ninguém sabia. Quanta emoção no instante mínimo de absolutamente nada! Essa porra da eternidade passa a toda brida, não temos tempo de ver! Joseph escutava passar a humanidade sob suas solas. Ouvia, do lado de fora, o espocar de um motor, o tremor do vento, a alegria de um vira-lata, uma risada de mulher. Sua memória saltitava de tabela em tabela, enverdecia, respirava a esmeralda das lâmpadas suspensas. *Massé, rétro, coulé.* A vermelha em duas tabelas, pela direita. Toc, a branca com a pinta preta! A mais vaidosa das três. O inacessível zênite de toda geometria sentimental! O centro de gravidade dos cornos triangulares! Ah, merda, a marafona!

— É de mim que o senhor está falando?

Não percebeu ter falado alguma coisa. No entanto, ela repetira suas palavras interiores, erguendo uma perna por cima da primeira viga, ali sentada, a quarentona voluptuosa, puxando seu vestido preto. Atrás dela, na escada, a sombra de veludo recolhia suas franjas. Por trás da sombra, embaixo, outras sombras riam. A despeito do arruivado de seu penteado despenteado, seu rosto sensual tingia-se de algas ao reflexo do feltro. Uma sereia. Tinha uma pinta na saliência da face esquerda. Joseph quis dizer que não, não sabia por quê, que foi à toa, e os outros levaram suas mãos até o cone luminoso, sentando-se por sua vez. Ele causava o efeito de um estigmatizado do lugarejo que acabam de sangrar, cujas feridas a turba incrédula pede para verificar antes de se afogar em orações ou começar o apedrejamento. Calou-se. Zé foi até ele, aflorando seu ombro com um dedo:

— Este aqui é Joseph, o messias do bilhar!

Nenhuma dúvida sobre Bastien, um merdinha que estava recuado, de brim azul desbotado, com a boca pequena, orelhas de abano e a maneira de se retorcer das pessoas que estão com frio, mas que, acima de tudo, não cederiam uma suéter suplementar. Que, aliás, não possuíam. Em seguida, Zé apresentou Chef, assim chamado porque brigadeiro-chefe do pelotão da polícia, um louro atarracado com as têmporas saltadas e o bigode transparente. Vestia o uniforme de moletom com as armas da França. Disse: "Cavalheiro!", e aquilo não significava nada. Samson, claro, era o último, trajando Benetton, Newman ou Daniel Hetcher. Nem brucutu, nem dândi. Um mulato que não parava de lavar as mãos no vazio. Zé era o único a não entender por que o chamavam de Samson:* daquele homem emanava um odor de violência como um perfume de cortesã.

— E nossa Senhora de todos: Violette!

Os olhos dela eram verdes. Inclinou a cabeça e seus cabelos rolaram sobre a testa. Joseph fez o mesmo e se penteou com os dedos. Bastien deu uma risadinha, Chef respirou forte, Samson estalou as juntas. Zé apoiava seus antebraços peludos sobre as coxas, erguia a cabeça:

— Agora que os conhece, por favor, não vá me assassinar um deles!

Aquilo já era pilhéria, as nádegas se descontraíam. Joseph, respondeu, com voz aflita:

— Como quer que lhe prometa tal coisa?

Com um sorriso de anjo em missão, que Violette, passando a língua nos dentes, lhe devolveu.

●

Acabaram indo embora. Depois de uma partida de bilhar tagarelada e um lanche rapidamente engolido. Joseph ficara e pensava em ainda há pouco. Voltara à sua janela. Ela recortava a noite sob medida para ele e ele podia vesti-la como o fraque do primeiro teste, com o chuleado dos lampadários, as agu-

---

*Aqui, trata-se possivelmente de uma referência ao célebre Charles Henri Sanson, carrasco que executou Luís XVI e Maria Antonieta. (*N. do T.*)

lhas espetadas dos mastros metálicos, o forro do céu com lapelas de estrelas e as colinas como ombreiras. Sentia o universo ao seu talhe. Sobre suas mãos acabava de morrer o arco-íris da Würlitzer, recortado, caleidoscopado pela vidraça da varanda. As grandes letras em néon da tabuleta adicionavam seu azul elétrico.

Naquela posição Joseph parecia um sonâmbulo ansioso, uma tempestade em cada dedo. Pensava em ainda há pouco.

Todos tinham percebido por que ele viera, por que não estava em outro lugar qualquer. Bastien bebera mais que os outros, Chef perguntara quem era Joseph, de onde vinha, e não insistira. Samson tinha ido se plantar diante do capô aberto do carro, indolente domador. Violette não ousava escutar o que diziam as mãos balbuciantes de Zé. Todos tinham jogado bilhar, mal, sem contar os pontos, olhando a trajetória das bolas desenhar horóscopos emaranhados. Alguém fora comprar pão, alguns salgados. Tinham engolido sanduíches que descansavam, mordiscados, começados, ao lado do azul, à beira do oceano liso, o tempo de um golpe do acaso malogrado, e que terminavam, mofados de reflexos verdes, em duas abocanhadas.

Falavam-se ninharias. Samson cavalgava uma viga. O carro, o que tinha de enguiçado, vai saber, uma bobagem de nada, mas assim mesmo!... O escapamento, por exemplo! Bastien resmungava que deveriam ter dito que estavam esfomeados: ele teria trazido a sopa de manjericão. Violette falava da loja dela. As roupas de banho de verão acabavam de chegar pela manhã. Os pacotes não pesavam nada. Ela previa bundas e seios assados vivos. Apetites de praia também, vontade de chupar um picolé ao âmbar solar, lamber, sorver com uma papila gulosa. As peladas da estação teriam com que fazer um lifting no peito com tantos beijinhos! Também desempacotava trajes de banho masculinos. Ou melhor, viris. Novos, multicoloridos...

Violette estava toda arrepiada. Zé lhe apertava a cintura suavemente. Ela estendeu seu taco a Joseph, para que passasse giz. Chef, cuidado, o taco no pé, pedia que parassem:

— Não estamos conseguindo nada... Sequer ler o número do carro, daqui. Qual é o departamento? Não quer dizer?

Não fosse por isso, ele só teria que olhar de perto ao sair. Alugado ou não, não dormiria com uma curiosidade insaciada. Ok, quanto a Joseph. Mas não passava de peixe pequeno, vento, que mais!...

— Amanhã, quem sabe ele não sopra? Amanhã é amanhã. Melhor olhar o presente se refletindo no porto — respondia Zé.

Fazia tempo que não jogavam, como fazer, aquilo lhes escapava. Sentiam-se entediados.

Então Joseph mostrava o jeito. Cada tacada é uma criação reiniciada, a nova organização do caos. A lua vermelha retornou por um instante eclipsada, do outro lado do sol brilhante cuja elipse aflorava a terra lívida. Depois vinham estranhas estações, invernos tórridos e primaveras rabugentas, outonos de outros hemisférios e verões monótonos. Os três astros de marfim atravessavam o firmamento de pano, compunham novas constelações que Joseph ia identificando à medida de seu surgimento, sorrindo como se a figura do zodíaco dependesse apenas dele. O Touro se metamorfoseava em Leão, sob o Carneiro fremia a Virgem e Gêmeos imperfeitos deslocavam a frágil Balança. Joseph parou na última tacada certa de Violette: um clímax ideal. Era meia-noite, parariam por ali. O tempo não existia mais.

    Antes de guardarem os tacos, e mesmo de abandonarem as vigas nas quais às vezes o tecido das calças grudava, dizem até amanhã e que não havia razão, visto que o carro, não é mesmo? Um pouco por toda parte migalhas espreitavam os passarinhos. Os passos que se iam as esmagavam, confetes de uma festa infinita. Enquanto Zé os guiava pelos infernos do bar, Joseph colocava seu casaco.

    De sua janela, já observara: Samson e Chef voltavam pelo cais, três passos, alto!, um sonho de *rétro*, um perfil claro, e vamos em frente. Chef dobrou sozinho a esquina do porto, lá embaixo, Samson pegara a esquerda e Joseph ouviu Bastien assobiar, ali, na escada do lado de fora, bem colado à parede do recinto. Violette, que ficara para trás por um instante, flutuava de luz em luz, diluindo o negro de seu vestido no negro do asfalto. Um pequeno sopro frio, bem insinuante em seu ombro direito, deslocou uma mecha de sua nuca. Será que lhe roubava um beijo furtivo? Os dedos de Joseph, apalpando os bolsos, manipulavam cédulas novinhas em folha.

— Pode ficar, se quiser. Tenho um sofá embaixo, além do meu quarto.

Zé dissera aquilo no instante em que Bertolt, no térreo, quebrava um copo. O bichano estava exagerando na bebida.

— Obrigado. Sim. Mas aqui. Não gosto de camas, nem de dormir do lado de dentro. Dormir caminhando, bem que eu gostaria, ou no volante, ou ter certeza de sonhar com uma coisa ou outra. Caminhar ou dirigir, quero dizer.

Recostado nas portas do armário, gladiador desarmado enrijecido em sua armadura de pano, Zé inclinara a cabeça, que bom, sem problema, ele mandaria subir um cobertor. Ele também, freqüentemente, não conseguia ficar trancado em seu apartamento troglodita. A noite estalava os dedos, hop, os pés sobre uma mesinha, a bunda sentada numa cadeira com braços, o rosto colado à Würlitzer. Mal piscava o olho, já era o dia seguinte. Não perguntava nada, não dizia nada. As coisas eram assim. Ele tinha os cabelos brancos, o gato Bertolt e a tentação de Violette. Era tão sólido quanto a pirâmide de luz em cima do bilhar. O velho cobertor que ele depositou sobre uma viga antes de dar boa noite, até amanhã, e de repetir que Joseph não tinha com que se preocupar, se tivesse sede ou fome, não hesitasse — o velho cobertor permaneceu dobrado por muito tempo antes de Joseph ter ouvido a cadeira ranger e Zé suspirar.

Agora, sem o menor movimento, exceto o de estender as mãos pela janela aberta, verificando pela envergadura de seu

## MICHEL QUINT

braço a distância para as letras grandes, "Bar de la Marine", mais além, para os mastros que arranhavam as trevas, e, mais além ainda, para a cutilada lívida do cais sobre o outeiro negro das colinas em frente, cais tão deserto quanto o restante do porto, ele pensava quanto tempo teria de esperar ali, quanto agüentaria. E depois tratava de não pensar em nada. Salvo que não havia violeta em Violette, que ela era ruiva e negra e redonda e branca, o que ele não podia evitar...

Pouco a pouco, meio sonolento, tentou sair, imediatamente, sem se mexer de sua janela. Imaginou que seria fácil descer, mergulhar as mãos na água, despir-se, deslizar entre as fisionomias inchadas dos barcos, no meio do chapinhar dos cascos, nadar... Em seguida, atingir a outra margem do lago escuro, ficar com a pele toda congelada, observar as amarras de um pequeno veleiro serem agilmente desfeitas, a mão desviando os fios de cabelo louro do rosto límpido, uma menina praticamente nua... Encontrou a aurora, surpreendeu-a no instante em que ela embarcava para o Oriente! Ora, Deus o tinha acuado! E ele percebe que ela estremece, que quer empurrá-lo para o veleiro ou para o porto, que o arrasta para a frente, que se enlaça em suas pernas, que usa um véu branco, que seus cabelos são verdes e que tem olhos de antigamente!

E abre os seus, compreende que sente frio, que certamente adormeceu, que é preciso fechar a janela, recuar para não cair sobre a vidraça desse sonho vertical em que sonhava com mulheres fatais!

Encaixa os batentes. Então, olhando mais uma vez para o cais em frente, ali para onde seu fantasma o transportou, vê a vela branca penetrar justamente no lugar da enseada de onde ele acaba de sair. Um pequeno barco projetou-se contra os flancos de seus vizinhos. Em seguida uma porta abre uma ferida passageira, imediatamente fechada, em uma casa que ele não distingue. Eis tudo.

Joseph apaga a luz, coloca o cobertor na cabeça, e adormece, rígido, sobre o bilhar, uma bola branca em cada mão.

## 4

Zé pôs a bandeja do café da manhã na cabeceira do bilhar, acima do ombro de Joseph, a quem o aroma de café acordou.

Joseph piscou os olhos, abriu as mãos e as duas bolas brancas rolaram ao comprido de suas pernas. O paletó aberto dos lados mostrando as asas amolecidas de um forro puído dava-lhe a aparência de um morcego invertido. Ao se levantar, derrubou também um pouco de café no pires de louça branca grossa. Sorriso recuperado, disse, com o dedo apontado pela janela:

— Esta noite aconteceu um crime.

O que não comoveu Zé, nem os quadrados brancos de sua camisa, nem suas rugas traçadas a arado em sulcos descosidos. Lambuzou de mel — fornecido por Bastien — duas torradas cujo estrépito cobriu o das cédulas amarrotadas nos bolsos de Joseph. Depois, com Zé, cruzaram-se na direção da cafeteira, na direção da janela. O café esquentou, as torradas ficaram prontas. Joseph bebeu o café, em curtos sorvos estalados, depois mastigou, com um barulho de esponja sugada, as torradas. Embaixo, Bertolt desenhava, com o rabo, um leque descendente ao longo de um alinhamento que ia dos copos à pata.

Zé girou a maçaneta e os mastros pareceram balançar até o meio do bilhar, as vozes do porto a eles se agarrando como gemidos de náufragos, um mistral rabugento espirrando aromas folclóricos. Finalmente reagiu, sereno, como sabia que Joseph esperava:

— Já? Para matar o tempo, você não perde a oportunidade!

Ao atravessar o quebra-mar, o *Aulis* impulsionou todas as percussões de seu motor. Havia mulheres com bolsas nas mãos sentadas atrás dos vidros salgados, sobre bancos de madeira, e tipos janotas, exibindo bigodes tratados e apuros de progresso, já alinhados na proa com vistas a desembarcar. A guerra deles prosseguia, dia após dia. E, quando não estavam tricotando, aquelas damas os olhavam como semideuses.

Joseph engoliu, pousou a xícara no pires:

— Uma moça atirada na água.

Foi para o lado de Zé, mostrou-lhe novamente apontando, lá entre os dois veleiros, o branco e o amarelo-ouro, aquele pequeno com as amarras bem frouxas, pois bem, foi exatamente ali.

— Alguém caiu na água esta noite?

— Caiu, não. Foi empurrada. Uma moça.

— Você a viu? De tão longe? Apesar da noite?

— Uma formiga sozinha desloca um único grão de areia; no entanto, ela perturba um deserto tranqüilo. Mais que um exército de camelos todos iguais! Antigo provérbio africano improvisado! Havia apenas uma formiga sobre o cais, e alguém a assassinou.

Com as mãos à guisa de viseira, Zé escrutava, deixando seu olhar arrastar algo como o cabo de um rebocador. Quando baixou os braços, sua camisa sobrou por cima da cintura:

— Por que não me chamou?

— Nunca chamo. Agora estou lhe contando, mas não é assunto meu. Nem seu.

— Se você viu realmente, ficarão sabendo. Aqui, neste momento, todo mundo é do lugar.

— Menos eu.

— Menos você. Mas se você tivesse matado alguém com seu enorme fuzil, não me diria.

Contra o fundo da janela entreaberta, olhavam-se, de perfil. Aquele cuja barba ensombrecia de branco as faces de âmbar e aquele que não se barbeara. Os barcos de recreio atracavam, cumprimentos matinais, mãos apertavam-se de passagem, dançando ao longo do cais uma quadrilha sem figuras. Às vezes inclusive acenavam com as mãos, passavam por um instante, saudando-se por cima das enormes letras "Bar de la Marine". Zé respondia economicamente, com a ponta dos dedos. Joseph sorria mais largo, inclinava-se para o vão da janela como um chefe de Estado em visita oficial. Ou um papa prestes a abençoar alguém. Um fuzil enorme, quem tinha enfiado aquilo na cabeça de Zé?

— Por que não? Violette faz o quê?

— Tem uma loja — respondeu Zé. — Tipo de pagode de araque, bem isolada à esquerda da prefeitura. A prefeitura é aquele troço amarelo, lá embaixo. Se você se debruçar, quase vê o canto do brechó. Antes, no tempo do marido, eram os chapéus, os bonés, a capelina, as abas, a boina. Feltros, palhas e fitas. Depois que ele morreu (era bem mais velho que Violette...), ela modernizou o fundo. Nada de paredes, nada de decoração pré-guerra, apenas a mercadoria. Falbalás, lingerie, sandálias, tecidos de banho, maiôs... Impermeáveis também, e cintos salva-vidas. Como era a moça?

Joseph fora se servir de outra xícara de café, uma migalha de sua torrada na palma da mão. A colina da frente partia-se em duas pelo sol, na altura dos cotovelos de Zé, como se ele estivesse apoiado na noite que dava as costas.

— Sem cintura. Sem nada. Apenas uma porcaria de vestido em uma porcaria de gaze branca, uma onda bizarra, flácida, pálida, nada. Você gosta de Violette?

— Ela gosta muito de Bertolt.

Grandes silêncios que eles aspiravam, bebericavam, lábios no beiço da xícara, olhos pacientes, perfumavam a conversa. Nos pequenos intervalos, mal recobravam o fôlego nas vírgulas e nos pontos. Joseph começava a se indagar por que o bar

## BILHAR INDISCRETO

não era mais freqüentado, ao mesmo tempo, é verdade, era preciso se enganar de estrada, enguiçar o carro ou fazer de propósito, mas por quê? Talvez em função de razões que se assemelhassem àquelas pelas quais ele jogava bilhar ali.

— Uma bela mulher. A menina também. Eu a vi de perto. A pessoa que a empurrou entrou em uma casa, não longe. Daqui, não posso lhe dizer qual. Uma no cais ou um pouco mais acima.

— Joseph, você está me levando na conversa, assim como com sua história de esperar uma vítima: todo mundo sabe nadar hoje em dia. Não se afoga alguém como um gatinho! E não conheço ninguém aqui tão importante para um assassino profissional que jogue bilhar tão bem como você. Então por que fica inventando histórias?

Ele juntava os restos do café da manhã, pinçava com um indicador úmido minúsculas casquinhas de torrada perdidas no pano verde. Joseph contava os dias num calendário ultrapassado. No interior, um mapa da cidade comparava por transparência do papel quebradiço suas avenidas Jean-Jaurès e suas praças Charles-de-Gaulle com as de outras cidades do departamento.

— O que sabe sobre assassinos? E os proprietários de iates de luxo, conhece todos? Os políticos locais, você sabe exatamente o que traficam, em que estão envolvidos, os maridos ciumentos, as mulheres transtornadas pelo adultério, os empresários ávidos por um mercado? Você sabe? E o passado das pessoas? O seu, inclusive? Quanto essas pessoas, ou outras, com interesses similares, ou você, dariam para que alguém morresse, sabendo ou não nadar? Isso aqui, por exemplo?

De seus bolsos, ele tirava grandes cédulas novas, amarrotadas, enroladas, amarradas. Que houvesse tanto parecia pouco razoável, da ordem do prestidigitador que engana o público. Zé, equilibrando a bandeja, músculos dos braços estufados como os de um pároco que experimenta o peso do Sagrado Sacramento, mal dirigiu um olhar:

— Eu pediria mais. Ou ofereceria mais.

Joseph já guardava seus valores, forrando seu casaco, angelical e patife.

— Porque você já encomendou um assassinato ou porque você quer saber o preço que ofereceram pela sua pele? Não, não, tudo bem, não diga nada: claro que estou levando você na conversa. Afora isso, essa moça, é preciso se informar, falar com Chef para que investigue discretamente. Aliás, vão achar o corpo ou constatar o seu desaparecimento. Não preciso telefonar, logo a cidade ouvirá o grito.

Na ponta da escada, Zé se virou. Espremia os olhos, tentava não apressar sua memória, deixar os despojos daquele homem aflorarem suavemente à superfície. Em que águas poderiam ter navegado juntos, em que lugar Joseph tropeçara na vida dele? Bertolt, impaciente, miava com as patas, afiando as garras na ranhura de uma viga. A manhã branqueava a sala com uma luz uniforme, trazida pelo mistral sedoso.

## BILHAR INDISCRETO

— Isso vai ser feito. Pode descer para tomar um chuveiro. Violette vai almoçar conosco e você contará a ela.

Ele ainda não chegara ao pé da escada, o pescoço ligeiramente torcido, vigiando Bertolt e os degraus mascarados pela plataforma, e Joseph já lhe dizia com sua voz de confessor:

— Eu estava na janela, com as luzes acesas. Assim como o vi, o assassino pôde me ver. Se for este o caso, virá até aqui.

Zé deu um tempo, indo até o balcão antes de responder. Distintamente através do assoalho, Joseph ouviu o oráculo cego subir dos reinos subterrâneos:

— Então, vamos saber quem é: tenho apenas quatro clientes que moram deste lado da enseada. O quinto virá apenas para matar você.

5

Dizer que ela havia sido teimosa, não. Violette mostrara-se determinada. O salão de bilhar era maravilhoso demais, e Zé bastante culpado de tê-los convencido por tanto tempo de sua inutilidade, de nunca lhes ter sugerido uma partida. De jogar, como ontem à noite, daquele jeito, ela jamais se cansaria! E comer no andar de baixo tirava-lhe o apetite! Já que Joseph não parecera entusiasmado com a idéia de se aboletar diante de uma toalha de papel no fundo do bar, nem de cerimoniosamente tomar lugar no refúgio sem janelas de Zé, como para uma primeira comunhão clandestina ou uma missa negra celebrada em família, tinham reiterado o ritual da noite da véspera, aprimorando-o.

A cavalo sobre as duas vigas próximas da fachada, Violette e Zé um de frente para o outro, Joseph do mesmo lado que Zé, beliscavam a carne marinada, talheres finos e copos de cristal, nos quais serviam um bandol frio. A garrafa descansava em um balde de gelo colocado diretamente no chão, o rótulo descolado boiando ali dentro. Refeição descompromissada de adolescentes mal barbeados. O relato de Joseph foi assimilado sem dificuldade, e o vinho idem: o que teriam dito, podemos imaginar... A carne, em contrapartida, ficou dura, temperada com a indiferença. Bertolt, cansado de esvaziar pratos mal tocados adormecera na lateral do bilhar, com o rabo pendente.

Samson, com um uniforme de tênis cheio de graxa, passara para examinar o carro mais de perto e diagnosticara que era preciso encomendar peças, carburador talvez, distribuidor com certeza — o *Aulis* traria!... De longe colhiam-se apenas fiapos de palavras. Recusou o convite para partilhar a carne: tinha que fazer uns acertos no carro de Colette, sua mulher, com vistas a uma corrida litorânea na qual ela se inscrevera. Não conte mentiras. Não estou contando. Ah, bom. Não, estou dizendo: AH, BOM! ATÉ DE NOITE.

Violette terminava, usando os dentes, o que lhe revirava os lábios, um picolé que Joseph e Zé não quiseram. O prazer que sentia embriagava a sala aonde o sol começava a chegar. O ar temperava-se com eflúvios cremosos. Sentada como uma amazona sobre sua viga, segurava com uma das mãos seu decote e se debruçava a fim de que o escarlate de seu vestido de godê e alças finas não se estrelasse com meteoritos pegajosos. Cada mordida deslumbrada, cada meneio da cabeça, escorria sobre seu rosto a cabeleira arruivada que logo voltava ao lugar, e os seios pesados que ela comprimia ao máximo revelavam o limite de um esboço de bronzeado. Zé cruzava as mãos entre as pernas abertas, Joseph, quando falava, não sabia onde estavam as suas. Lambiam o picolé ao mesmo tempo que ela. O pauzinho ainda úmido de sua língua abandonado na beirada do prato, sobre sua triste praia de porcelana, coincidiu com o epílogo das visões de Joseph.

— ...devo ter sonhado. Alguém se afogou na cerveja que eu bebi.

— Admitamos que não. Você conta sua história a Chef daqui a pouco e ele vai visitar as pessoas!

— Quem ele vai visitar?

— As pessoas na casa de quem estará faltando alguém esta noite, ou faltava esta manhã!

— E se for uma solteirona? Uma órfã, uma viúva sem família, uma estrangeira, uma forasteira que ninguém reclama?

O enigma maquiava-se em pequena vendedora de fósforos, em pobretona mítica para jogos de sociedade, logo iriam tirar uma carta para conhecer a verdade. Discutia-se sobre a morte. Violette virou os olhos, trinchando com as duas mãos os cabelos. Zé, braço estendido, fazia rolar equilibradamente com o punho a bola vermelha que lhe voltava direto na palma da mão depois de uma tabela no fundo da mesa, seca, roçando o pêlo de Bertolt, cujo rabo agora pendulava. A ansiedade estava à flor da pele e a incredulidade, bem elevada. A janela ainda aberta enquadrava aromas disformes.

— Então, paciência. Você deve ter sonhado. De toda forma, era o caso de falar... Vamos jogar uma partida antes que eu suba a porta da loja?

Zé já puxava os tacos, Joseph dispunha as bolas, desalojava Bertolt, que aceitava bocejando ir esticar as patas, arriado no canto de uma viga, um grande cobertor de sol. Deixaram Violette começar, em silêncio, como no jogo da amarelinha, em um pé só, o esquerdo, o direito, juntos, mãos nas costas, braços abertos, para trás, todo um estribilho sépia que trotava no crânio de Joseph. Uma partidinha, de acordo. E ele arregaçava as mangas, passando giz, olhar distante para a prumada de um pesqueiro esquisito.

Havia menos gente no cais que no convés dos barcos. Esfregava-se, preparavam-se os panos, envernizava-se, verificavam-se as velas, erguiam-se os capôs, dobravam-se as lonas, poliam-se os cobres rosnando ao vizinho do lado um bom-dia enevoado cujo eco engrolado desenrolava sorrisos enrolados. Joseph riu sozinho de seu jogo de palavras interior. Os motores de uma *off-shore* resfolegando seus cavalos repercutiram contra as casas e as colinas. Extraordinariamente, Violette acabava de acertar sua primeira tacada, cujos choques não foram ouvidos. Houve apenas o *pfff* decepcionado de um taco espirrando na segunda e a interrupção brutal do relincho agudo dos motores. A *off-shore*, mal se deslocara um pouquinho do lugar, deu de lado com o través contra um pequeno veleiro senescente vedado à visitação. Os três homens da tripulação, debruçados para trás, tentavam erguer os enormes Lamborghinis. Usavam coletes salva-vidas laranja. Em seguida, enquanto um deles agarrava-se na amurada da embarcação abordada, o outro já mergulhava. Joseph reconhecia o lugar:

— Zé, você tem um binóculo?

— De acordo com Bastien, o que seus olhos não podem ver, Deus quer esconder. Jogue, é sua vez.

Violette, que marcava seu ponto no ábaco, empertigou-se, deu uma meia-volta que esticou seu bustiê, e seu taco estalou contra o assoalho como um tamanco zangado:

— E o que lhe dei no Natal?

— Nunca usei. Mas gosto dele, sem dúvida, penso nele às vezes, e sei o lugar onde o tranquei. Olhe no armário!

— Está vendo alguma coisa que o impede de jogar? — perguntava Violette.

Levantou o trinco juntando os dois puxadores e libertou um inferno enferrujado, amarfalhado, desconjuntado, jorrando como um pandemônio de bazar. Tudo se precipitava, degringolava, rangendo, chiando, crepitando, respirava o dia e finalmente esparramava-se pelo chão, deixando-se pisotear à vontade por Violette. Uma tralha de barbantes usados, livros velhos, bolas de bocha em estado lastimável, trastes — apenas um capacete de moto antigo, todo redondo e vermelho, com orelhas de couro preto, conservou sua dignidade na prateleira do alto, e o par de binóculos, em seu estojo de couro igual. Violette pegou-o, usou todo seu corpo para fechar os puxadores e juntou-se aos homens, levantando o joelho para transpor as vigas. Zé estendeu a mão, abriu o estojo e passou as pesadas lentes a Joseph, que as levou aos olhos, tentando focalizar, e depois devolveu a Joseph:

— Observe os caras na *off-shore*, bem em frente...

Violette, na ponta dos pés bem ereta, também tentava ver, com uma das mãos pendurada na nuca de Zé, puxando o colarinho da camisa dele como se quisesse escalá-lo ou estrangulá-lo. O binóculo subiu, varreu a direita, fixou-se.

— E então? — perguntou Violette.

Zé, afastando-se, pôs ele mesmo as lentes nos olhos dela, e um sujeito moreno alto em colete laranja surgiu à sua frente, tão próximo que ela teve medo do respingo da água. Num passe de mágica ilusionista, estendia a ela um vestido branco, talvez de gaze, talvez um vestido, rasgado e gotejante.

Joseph esfregava uma mancha de molho no peito da camisa. Zé observava-o: pois é, aqui está! Violette saiu correndo.

●

Sentado na beira do cais, pouco antes do embarcadouro, as pernas pendentes, um garotinho pescava. À lufada do vestido de Violette, pareceu querer espirrar. Dedo no nariz, sacudiu a cabeça. A bainha do vestido, tão perto ela passara, tinha despenteado os compridos cabelos do menino. Bastou-lhe aquele gesto para recolocá-los no lugar. Violette, em sua pressa de dar a volta no porto, desconfortável em seus saltos exageradamente altos, quase o jogara na água. Ao mesmo tempo ele deve ter sentido aquela perigosa carícia e o sobressalto da simples linha que segurava na mão, sem vara, simplesmente enrolada num pedaço de madeira. Aquilo o perturbou.

Na transparência nebulosa do binóculo, Joseph observou-o agarrar sua presa com um golpe seco do punho e subir com vivacidade. Enquanto tirava o anzol da boca do peixinho, continuava a acompanhar as pernas de Violette sob o marulhar vermelho dos godês de seu belo vestido, nossa. Uma bela dama apressada. Que ele conhecia, por sinal, visto que morava a dois passos da loja da vitrine efervescente. Perturbado, quase jogou de volta sua pesca na água maquinalmente, a lata inteira que logo estaria cheia de fritura. Joseph foi testemunha do tapa furioso que o próprio menino se administrou antes de abastecer de novo sua linha e concentrar sua atenção sobre ela. Não se mexeu mais, pequena sereia loura colérica de camiseta de rúgbi desbotada, com um número cor-de-rosa nas costas do qual só restava o algarismo das dezenas.

Então Joseph partiu no encalço de Violette, que alcançou graças a seu binóculo de sete léguas, justamente quando ela passava em frente ao quiosque de música, onde a perdeu novamente porque ficou observando um bando de moleques tomar de assalto aquela espécie de pavilhão japonês pintado de cinza. Três ou quatro soldados de seis ou sete anos defendiam a posse de uma princesa presunçosa que, sem ressentimento, observava-os esbofetearem-se por um beijinho nos seus rostos sujos. O eleito foi um moreninho esperto. Abandonou a algazarra sutilmente e seqüestrou, por assim dizer, a dulcinéia até o pé da escada, onde pagou com infinitos tabefes sua felonia: a traidora pedira por socorro, e os pretendentes, mancomunados, puniam o seqüestrador.

— Pronto! — disse Zé.

Da outra janela, com seu olho projetado, ele não perdera Violette de vista. Ela apareceu para Joseph como um estranho close achatado, laminado, bem próxima e não obstante distanciada pelos acenos sorridentes que dirigia, frenética, aos sujeitos da *off-shore* como vencedores arrogantes. Cabelos desfeitos e alça caída, brilho dos dentes no batom violento dos lábios, parecia uma prostituta. Tanto que Joseph estendeu o binóculo para Zé.

— Obrigado, consigo ver muito bem.

— O que ela está dizendo a eles, na sua opinião?

— Suplica-lhes que a levem para passear, grita sobre um amor desiludido, oferece-lhes dinheiro, sete céus em pleno mar, beijos de arrepiar, inclusive nos traseiros, que ela vai acabar lhes mostrando caso não retornem ao cais!

Joseph examinava Zé, que, apesar de tudo, pendurara o binóculo no pescoço, impassível, braços cruzados. Mais um pouco, dir-se-ia mal-humorado e ciumento. Lá em baixo, os *sportsmen* de colete laranja rebocavam seu monstro de marcha a ré. Certamente pretendiam verificar os motores daquela máquina antes de se arriscarem ao largo, voando baixo. O cabeludo pulou para a terra, duas torres de cordame em torno de uma abita, Violette se amarrou no braço dele, teimosa, o passo que ele dava ela dava, e eu vou te paparicar e te dizer e, não, você não entendeu, a mão no coração, e eu rio e penteio minha juba com os dedos, isso valoriza o peito, quer dizer, na verdade, este vestido... Em seguida o cara falou com um dos outros que se debruçava e pegou entre dois dedos na popa do barco uns farrapos molhados que Violette agarrou na passagem, as nádegas recuadas para evitar as gotas.

— Como ela fez isso? — perguntou Joseph.

— Ela disse que era a madrinha de Cinderela que tinha perdido seu vestido cor do mar!

— Que bobagem!

Agora ela estava voltando, panturrilhas nervosas, altiva, orgulhosa, cumprimentando conhecidos, o vestido ensopado na ponta do braço esticado, como um piolhento se esfolando ou um gatinho branco que pomos para fora pelo dorso porque fez pipi no salão. Os campeões já a tinham esquecido. Joseph e Zé, deixando as janelas em seu ranger irritante e crônico, acavalaram-se na última viga para esperá-la. Zé pôs-se a observar Joseph através do binóculo:

— Assim, se você tentar me pregar alguma peça, eu o vejo de longe!

A risada deles, bem curta, cara a cara, deve ter perturbado Bertolt, que, embaixo, quebrou um copo e miou um palavrão.

●

Violette encontrou-os nessa atitude fotográfica. Um mantinha a pose do turista parvo, o outro o fuzilava à queima-roupa com seu dispositivo de canhão duplo. O risinho nervoso os arrebatava de quando em quando, sem porém fazê-los largar aquela brincadeira ridícula de moleques se observando através de um canudo de papel transformado em luneta. Tudo isso para obrigar Violette a sentir a cumplicidade de basbaques amistosos da parte deles? E então, será que iam dividi-la em duas tacadas caprichadas? Ela ficou irritada com aquele teatro, foi a frase enrolada que empregou:

— Continuem a representar o teatro de indiferentes de vocês, eu sei o que sei.

E começou, em pleno sol, sobre uma viga, a colocar ordem naquele pano enorme, rasgado, misturado a restos de algas, que ela carregava espremendo sua água salgada. Procedia a pequenos gestos precisos, uma dobra, uma prega, um pedaço de pele. Joseph e Zé a observavam em sua tarefa, fúnebre costureira reparando a estranha mortalha de um cadáver extraviado, Zé sempre ao binóculo, como se de repente tivesse sido acometido por uma miopia galopante.

— O que você disse àqueles cavalheiros? — perguntou Joseph.

— Que ele me pertencia, que tinha dado uma ventania enquanto ele secava no varal. Não importava que estivesse danificado, pedi desculpas, e, caso quisessem me devolver gentilmente, eu poderia provar ao meu marido que não o tinha perdido na casa de um amante! Nenhum problema, mas eles sequer riram.

— E o pior é que não deram em cima de você, o que a irritou! — rosnou Zé, deixando cair o binóculo sobre o peito.

Violette estalou subitamente um botão na gola de seu vestido-túnica, arrumando-se. Se Zé descambasse para a baixaria, para a sacanagem de encontros de ex-alunos, aonde iríamos parar? Seria a redescoberta do bilhar ou Joseph?

— Cretino! Quando eu estiver nos trinques não será por aqui que virei desfilar!

Joseph e Zé tocaram-se as coxas: Violette estava possessa até a vulgaridade, seu lábio inferior saltava.

Decididamente, ela os amava. Enfim, pelo menos Zé, pensava Joseph.

Bertolt tinha acompanhado Violette desde o bar, e a sua cauda, em ponto de interrogação, parecia esperar reconhecer alguém cujo cheiro por ora julgava suspeito. Como de costume, já estava mais bêbado que os tordos que nunca mais capturaria. Seus bigodes contraídos não enganavam a mais ninguém.

Pouco a pouco desenhava-se uma silhueta magra de cabelos de algas verdes e marrons, repuxadas por cima do decote pelas palmas da mão de Violette ao alisar o vestido. Os homens levantaram-se, rosto crispado, nem sorriso nem suspiro fanfarrão, como se houvesse chegado o instante em que se ergue um véu e que um deles diz diante de um corpo inerte, sim, é ela, é realmente ela, dirigindo-se para a noite de nossas núpcias! Com a unha, Violette levantou a etiqueta da gola, decorada com um animal mítico de bico comprido e uma logómarca em letras redondas. O tamanho estava em vermelho. Trinta e seis. O de uma garotinha morta que não pretendia boiar em seu sudário. Uma lembrança deteriorada de medidas talvez outrora acariciadas.

— Isso vem da minha loja — disse Violette a meia-voz.
— Um modelo do último verão. Vendeu mal porque era muito caro. Saíram dois. Um para Colette, mulher de Samson. Mas ela veste quarenta. Logo, não é o dela.

— E o outro? — perguntou Joseph, mãos nos bolsos da calça, como para evitar se assegurar de que efetivamente o vestido não respirava mais.

— O outro eu dei, pois tinha ficado exposto na vitrine.
— Para quem?

A reação de Violette surpreendeu totalmente Joseph. Ela deu um passo, descansou a cabeça no ombro de Zé, prostrada, o segredo subitamente doloroso:

— Dei de presente para Ida.

Com a mão direita, Zé pegou novamente o binóculo e, com a barba emaranhando-se nos cabelos de Violette, apontou-o para o vestido mutilado.

## 6

Violette partira de novo. Os dois homens estavam em polvorosa. A notícia iria se espalhar. Já a viam correr pelo porto, desprezando os indiferentes e os desconfiados, como Violette ainda há pouco. Os brados de convés a convés, de cais a passadiço, os apertos de mão, as orelhas esticadas para os lábios, tudo se tornava suspeito. De espalhar o caso e estar envolvido nele.

Até o céu, que nada simulava e deixara a tarde passar sem pestanejar. Nenhuma nuvem, nenhum eclipse, o sol não tinha nem parado nem andado para trás. As embarcações enfeitavam-se, embelezavam-se, balançavam o casco, e o horizonte e o mar estavam tão puros e despreocupados que, ao largo, para além do dique, ultrapassada a vigia da última ponta de terra, elas abraçavam as águas de forma despudorada. Ao passo que talvez ali flutuassem o corpo e a alma de uma desprezada pelos deuses.

Que nojo, pensava Zé. Fazia caretas, dentes desdenhosos, sob a ebonite preta do binóculo que ele passeava por toda a parte como um estetoscópio. Joseph, na outra janela, passava as mãos pelos cabelos, puxava o colarinho da camisa e vincava os olhos em direção ao seu carro, ainda imobilizado. De vez em quando, davam uns goles em uma cerveja, que Bertolt rematava. Ele acorria ao *pschhh* da chapinha, coçava os tornozelos, piscava os olhos e não se teria paz enquanto não caísse de bêbado. Acabou conseguindo, indo se estabacar contra o N das letras grandes da tabuleta, no pequeno espaço que a separava do E.

Todos sabiam que era preciso falar, mas ninguém se resolvia. As coisas aconteceriam por si sós. Quando os outros estivessem ali, depois do trabalho, diversos desfechos possíveis. Ou quando o vestido, no puxador do armário, onde Violette o lançara como os toureiros fazem com sua capa, estivesse seco. Para isso, porém, era preciso paciência: gotas ainda pingavam sobre o assoalho, embebidas pela madeira. Teriam sorte se não estivesse chovendo no firmamento da Würlitzer, bem embaixo. Além do mais, era muito cedo. Antes de dar uma tacada, ficaram a examinar as bolas.

Jogaram então algumas partidas, sem contar pontos, à toa. Para se avaliarem. As bolas corriam sobre as sombras deles, atravessavam-nas, saltavam umas por cima das outras. Quem consegue fazer igual? Não eles. De pé sobre as vigas, na lateral da mesa, sabiam que se arriscavam freqüentemente a cair, e que o primeiro a fazê-lo se afogaria sem o socorro dos outros. Portanto, prestavam atenção e não vacilavam. A mesma coisa no jogo.

Comeram o que Zé preparara de tira-gosto e os outros os encontraram silenciosos, sentados à mesa de bilhar. Bastien em primeiro lugar, abastecido com uma garrafa de pastis no bolso do macacão, um leque de copos na mão direita e uma garrafa na esquerda. Ora, nada de aperitivo? Sem ele, esqueciam disso. Mas já tinham comido. Paciência. Depois, Samson. Quanto ao carro, não precisava se preocupar. Em último caso, trocava-se o motor e *va bene*! Engraçado. Depois Violette chegou, distribuindo o beijinho contrariado em intervalos meticulosamente calculados, sabendo melhor a quem roçar, a quem apertar, a quem se esfregar, todos sabendo igualmente ao mesmo tempo. Menos Joseph, que sentiu simultaneamente a carícia dos seios dela em suas costas e a suavidade da língua sobre o lóbulo de sua orelha. Riram de seus olhos de virgem estuprada. Em seguida, ele, com aquele riso não consumado, buscou o olhar de Zé. Depois seus olhos cruzaram os de Violette e Chef trotou na subida da escada. Não riam mais, e fazia quase frio. Chef, arquejante, retorcia as narinas. Ninguém o cumprimentou.

A noite também chegara. Ninguém a vira entrar. Era preciso acender as luzes.

●

Ida. Evidentemente. Idealmente também. Saltitante, correndo, brincando pelos invisíveis caminhos traçados pelo indicador, branco de tanto pressionar o pano do bilhar, de Chef. Um Chef com um moletom de mangas curtas. Ele evocava, ao colocar a bola vermelha aqui, a mata de tamargueiras, as duas brancas ali, o muro do vinhedo Régnier, seu encontro no meio do pinheiral com a moça de pernas compridas e punhos fechados. Só podia ser ela, a morta da noite. Uma banida correndo pelos campos, julgada quase uma bruxa, louca naturalmente, retardada, ninguém tinha dúvidas. Ida. A demente, a muda de nascença, a filha única dos velhos farmacêuticos do porto, aquela que era encontrada por toda parte, a toda hora, a protegida de todos, tão selvagem que um arremedo de beijo a fazia desmaiar de prazer. Ida.

— No entanto, não passa de uma pirralha de dezenove anos... com o vestido e o lábio superior arregaçados, você vê, com aquele ríctus do tipo que beira a crise ou se deixa matar por uma estocada de baioneta! — dizia Chef.

E acrescentou, cristalino:

— Honestamente, achei que ela estava de fato morta.

Um janotinha que tinha ido pescar ouriços-do-mar a encontrara naquele estado, jurou que não tinha tocado nela e correu para o posto, escafandro de mergulho pendurado, máscara pendurada, pés de pato sob os braços e não parando de manipular sua faca de cabo de borracha. Claro que reconhecera Ida! Tinha medo de que achassem que era culpado, ora, ele não sabia de nada. Chef fora obrigado a ir verificar. O outro colega de guarda fizera o rapaz sentar-se num banco e vigiara suas fungações e balbucios enquanto ele assoava as lágrimas na camiseta. Apesar de tudo, mandara que ele deixasse a faca no depósito.

Tinha sido uma tarde, no ano passado, e o pescador de ouriços não estava mentindo. Um negócio sujo. A três passos do corpo, ofegante pela corrida, Chef lembrava-se de ter pensado naquilo.

Enquanto Zé, Joseph e os outros acompanhavam, debruçados sobre a água glauca do bilhar, atentos a ponto de perceberem um navio afundado, os desenhos de suas unhas roídas, ele repetia o mesmo gesto que fizera para enxugar a testa antes de se aproximar do corpo. Ninguém ignorava que sua carne era macia, fácil. Jamais fora vista nos braços de ninguém, mas era um bando a se gabar de ter transado com ela. No vazio das solidões, ela surgia, por uma porta aberta, atrás de uma colina, de um rochedo da praia, no convés de um barco que largava as amarras. Todos os que contavam sua aventura com Ida procuravam as palavras. E não se lembravam de nada, nem de seu corpo, nem de suas carícias, de nada senão do mar, do vento, das picadas dos pinheiros secos, de um raio de sol quente, do ladrilhado de uma cozinha ou de um quarto. Os céticos, os invejosos, ao avistarem na beira do cais sua roupa imutavelmente branca, corriam para lhe agarrar o cotovelo, elogiar-lhe o porte, arrastá-la para uma sombra quente. Mas ela virava a cabeça. Eles desviavam a deles.

Assim, todos sabiam que mentiam ao explicarem que, claro, não daquela vez diante de todos, mas naquela noite mesmo, meus caros, e isto e aquilo. Não. Estes definitivamente perdiam o moral. Ida não passava de uma puta de ocasião ou uma ninfomaníaca oferecida, a sereia da localidade. Ela escolhia seus feitiços.

— Não tanto assim, uma criança — observou Joseph.

Tinham se esquecido de que ela deixara de ser criança. A única coisa certa era a Ida de hoje. Todos os domingos, seus pais acendiam um grande círio na missa solene. Gente rica. Daqui. Farmacêuticos e grandes proprietários.

Logo... Chef prosseguia o seu relato... Enxugara a testa, e, dando três passos, colocara um joelho no chão perto do corpo de Ida. Um pouco mais adiante, no fim do vinhedo, o caminho era cheio de seixos e emendava na praia. O mar balançava num andamento rítmico do qual nasceria, inevitavelmente, uma melodia. A tarde borboleteava como um salão de baile, na hora das danças com carícias e confidências emocionadas. Emocionado, Chef também estava:

— Caramba, meu primeiro cadáver! E uma senhorita ainda por cima!

Ainda prosternado, paradoxal, enamorado ao último suspiro de sua bela, estendeu a mão a fim de constatar a morte tocando a veia jugular. Aquilo bastou para fazer Ida sorrir, pegar a mão dele, nela depositar um beijo, no interior, um beijo de fechar os dedos por cima e nunca mais voltar a abri-los.

— Fiquei estarrecido! Não tem outra palavra: estarrecido! E, além disso, consolado, não lhes digo quanto! Pensei na bela adormecida no bosque: Ida era bela, dormia, e o que é um pinheiral senão um bosque? Ressurreição também, caramba, eu pensei nisso, que acabara de fazer um milagre!

— Onde aconteceu, exatamente, o seu milagre? — perguntou ainda Joseph.

Chef abria os braços, o que fazia suas mangas subirem e sua pequena pança se projetar. Jesus de uniforme regulamentar. Instintivamente, todos se desviavam do bilhar, dirigindo-se para as janelas.

Embora estivessem muito longe para enxergar, Chef os orientava, comentava o itinerário: o porto, o cais, contornava-se a prefeitura e depois, sempre reto, o vinhedo Régnier, o caminho escoliótico, um ombro mais alto que o outro, suspenso. Os pinheiros chegavam através do pequeno desfiladeiro pedregoso, ali onde terminava a pavimentação. Samson explicava a Joseph que para leste, um pouco mais longe, haveria uma marina. Chef aprovava. E tinha sido lá, exatamente lá, sem possibilidade de engano, que a haviam encontrado. E o sol era o mesmo de hoje, ou quase, o momento não muito diferente, transpirava-se da mesma forma.

— Veja — acrescentou suavemente Chef. — Depois, toquei o leito de agulhas de pinheiro secas onde ela se deitara.

Senti a presença ainda quente de seu corpo. Era a poeira do desejo, veja, a poeira do desejo...

Joseph deixou passar um pequeno lapso de tempo para não quebrar o efeito de Chef, e então:

— Depois do seu milagre, foi tudo o que fez?

Todos mantinham o rosto erguido por trás dos vãos das janelas, apertados como curiosos prudentes diante do local de um crime ou peregrinos esperando o papa aparecer, preocupados por não se sentirem visitados. Nenhum olhar pestanejou. A não ser em virtude de uma onda que fincou seu punhal prateado na barriga de um casco. O perfume de Violette espalhava um quê de alga marrom. Joseph falara sem se voltar. Chef respondeu no seu ouvido:

— Meu dever. Cumpro o meu dever: ela foi ferida? Não, não parece. Alguém infligiu-lhe violência? Vai saber, ela não falava. Mas com a reputação dela, ponha-se no meu lugar, a constatação na casa do médico, nosso prefeito, que a tratava como filha e a quem ela irritava sempre que podia, o papelório e a comida de graça, obrigado! Levei-a até a farmácia e perguntei ao pai, e agora? Tínhamos pegado o pescador de ouriços, a meu ver ele não era inocente, um pequeno estupro rapidamente executado, a menina revira os olhos, corre-se para mentir dizendo que se achou um cadáver e que se entrou em pânico! O truque clássico. Ninguém quis ouvir o farmacêutico. Não, não, ele assumia toda a responsabilidade, que eu deixasse o homem ir embora e que contava com minha discrição. Muito bem, até

## BILHAR INDISCRETO

logo cavalheiro, como quiser. Eu disse ao menino para pegar sua faca no depósito e se mandar. Desde então passei ao largo de Ida.

— Poderíamos dizer que nem todos fizeram o mesmo.

Joseph voltava ao bilhar, o grupo se mexia, deixando a luz, por um instante ocultada por seus corpos novamente, escumar nos ângulos das vigas. Cada um retomava o seu lugar, Zé encostado no armário, roçando o vestido conspurcado que ainda não tinha secado, Samson sentado do lado direito do bilhar, Violette entre as janelas, de saia pareô e blusa amarelas. Bastien acomodava-se perto da escada, Chef imitava Joseph, que modificava a geografia das bolas sobre o feltro.

— Quer falar da outra noite? — perguntou Violette. — Não se tem nem certeza de que se trata de Ida, nem de que você tenha visto bem. O vestido dela não quer dizer nada!

— Ah, quer sim! Você sabe muito bem que sim! Nenhum de vocês a encontrou desde então e ninguém protestou quando Chef confirmou que só podia ser ela. Aliás, vocês nunca duvidaram disso, principalmente Zé e você, quando lhes contei. Mas vocês não disseram nada. Era preciso o vestido.

Não obteve resposta. Ele tinha razão. Mas, e depois? Olhares medrosos cruzavam-se. Embora Ida tivesse família, Chef nunca seria avisado oficialmente, aquilo seria comentado entre os comerciantes, seria discutido no embarcadouro do *Aulis*. A cidade ficaria chocada. Só isso. Ver-se-ia então a parcela do fardo coletivo a ser carregado, far-se-ia penitência à base da fofoca, de trejeitos entristecidos e de compaixão à flor da pele, como um bronzeamento de luto que não compromete nada. Porque os parentes de Ida deixariam o tempo passar, pretextariam, inventariam, tergiversariam e depois, upa, Ida seria esquecida na morada dos anjos! Puxa, Ida merecia mais, hein Bastien? Samson?

— E por que você não iria depor no posto? Afinal você foi testemunha de um crime e, de acordo com o que ouviu aqui e ali, a vítima poderia muito bem ser Ida.

Samson parecera falar em nome de todos e para grande alívio de Chef.

— Neste momento estou efetuando as preliminares da investigação, rigorosamente dentro as regras, a fim de evitar passos em falso.

— Não, não quero estar envolvido nisso, nem que meu nome apareça.

Joseph alinhara as três bolas, tocando-se, a vermelha entre as brancas. Chef colocou o dedo sobre a bola com a pinta. Finalmente, aqui estamos!

— Na verdade, a gente nem se conhece, seu nome!
— Sou Joseph.
— Chhh...! Poderia me mostrar seus documentos?
— Perdidos.
— Em todo caso, você deve saber de cor como se chama...
— Não, eu também estou perdido.

## BILHAR INDISCRETO

A pinta apareceu por cima da bola que rolava, desaparecia, voltava. Chef imobilizou-a com uma das mãos, secamente, como se esmagasse um inseto.

— Naturalmente, amnésia não é um delito. Porém, de toda forma, caso eu precise saber, não faltam recursos. Por Ida, você daria esse depoimento espontaneamente?

O sorriso de Joseph não se abalou, Bastien, Violette e Zé, sim. Samson esfregava os pêlos do peito entre dois botões da camisa, olhar aquarela, lavado.

— Mais tarde. Quando você tiver me dado o seu.

À exceção de Zé, ninguém se levantou, se aproximou, sequer Bastien, músculos retesados.

— O que significa isso?

— Que as coisas nunca aconteceram com Ida como vocês acreditaram. E que vocês não têm muito orgulho disso. Alguém desembarca aqui, chama-se Joseph, um estranho que vê morrer uma desconhecida, e que seja Ida não os espanta, como ninguém mais pudesse ser assassinado nesta cidade. Como se todos vocês estivessem esperando apenas esse acontecimento, a chegada desse alguém e Ida sobre o cais, como se, um dia ou uma noite, todos vocês tivessem estado, todos ou cada um, a ponto de matá-la!

Houve um silêncio imóvel, que estremeceu o fino assoalho, depois Joseph tirou uma cédula estalando do bolso e a estendeu a Zé, com um riso enferrujado:

— Essa rodada é por minha conta, Zé! Claro que eu esta va brincando!

Zé desceu para pegar as cervejas sem recolher o dinheiro Joseph sentou de pernas cruzadas no bilhar, recolocou as bola como Chef as havia disposto antes:

— Então, aqui é o caminho, ali o muro do vinhedo Régnier. Concorda? Depois vou precisar que me diga quem esse Régnier e também se os farmacêuticos são realmente gen te rica. Agora, você vai contar mais, e eu vou corrigir seus erros de juízo. Como no bilhar, às vezes damos tacadas que acreditamos perfeitas, estamos prestes a fazer o ponto e no entanto não passam de um monte de mentiras! Por exemplo, admitamos: o pescador disse a verdade. Ele não tocou em Ida...

Joseph deu o tempo do canastrão, emendando:

— Depois, você, Chef, você chega e a beija com toda serenidade: seu pescador culpado já está precavido se o negócio der errado, se o estupro for descoberto pelos pais dela! Possível, não é mesmo?

Houve uma espécie de arrastar de pés, Chef e Samson ficaram lívidos. Joseph ergueu as duas mãos: atenção, ninguém estava afirmando que Chef agira daquele modo. Tomemos cuidado com as palavras! Seria preciso falar muito de Ida. E que Chef reiniciasse seu relato por gentileza, para que se enxergasse claro.

— Fora de questão. Agora, é hora de jogar!

Joseph colocou as mãos nos bolsos:

— Bom. Você contará uma outra vez.

A noite detinha-se na orla das luminárias. Todas as fisionomias emergiam dali, por sua vez, como de um pântano escuro. Jogaram, apesar de tudo. E depois das palavras de Chef, o que fazer afinal? O que fazer? Ele espirrava taco atrás de taco.

Zé acabava de descer mais uma vez, a bandeja do café da manhã na ponta dos braços esticados. Caso contrário, não veria os degraus da escada. Aquilo conferia-lhe um ar solene que fazia Joseph zombar e a louça tremer, pela mesma razão. O aroma do café, ou o calor do bule, quase contra sua face, em cima do bilhar, despertara Joseph. A menos que já o estivesse pelo rumor do embarcadouro, o retorno matinal de alguns pescadores obstinados, o ar frio do porto transbordando sobre a colina. Em todo caso, estava com os olhos abertos quando Zé depositou a bandeja antes de ir se plantar diante da janela da direita, cabeleira hirsuta, barba por fazer, as costas estufadas nos quadriculados de sua camisa por causa dos braços cruzados. Antigamente, ele conhecera alguém que também segurava as pálpebras erguidas durante o sono, a vigília não chegando senão com uma centelha úmida no mais escuro da pupila, como se confiscassem na luz do olho a noite anterior e o dia nascente não passasse da continuidade ininterrupta do precedente. Zé não estava longe de acreditar que esses sujeitos não morriam nunca, e, até o presente, nada o obrigava a rever esse ponto de vista.

— Presenciou outro assassinato esta noite?

Joseph sentou-se sobre o bilhar, mexeu um pouco os quadris e deixou as pernas penderem, tentando ver se o tempo estava bom, se a primavera não alardeava vantagens. O sorriso de Zé dizia que não; a geléia estava ali, e também as xícaras brancas de beiço largo e o pão árabe. Ambos devoraram tudo exibindo os dentes, a mão sob a torrada para pegar de passagem as gotas de groselha vermelha e chupá-las sobre os dedos. O café que bebiam em cima de bocados capazes de estufar um ogro lhes escorria pelas comissuras. Enxugavam-nas com o dorso das mãos, tomavam um gole. Ao mesmo tempo, dardejavam-se mutuamente o olho astucioso dos boxeadores durante a pesagem.

— Se houve outro, não vi. Notícias de Ida?

— Não, ainda não. Chef vai fazer o que estiver ao alcance dele, extra-oficialmente. Naturalmente, seria preciso um registro de desaparecimento, algo que pusesse a máquina para funcionar. Mas ele está se virando. Mais um pouco de café?

— Sim, obrigado.

— Ele também vai colher informações sobre você. Provocá-lo, ontem à noite, foi um erro. Por intermédio do seu carro, ele pode saber muito rápido. Quem você é ou quem você não é. Gostaria de preveni-lo... No caso de querer evitar esse risco e embarcar no *Aulis* pela manhã... O carro, Samson poderia desmanchá-lo, vender as peças... Chef seria impotente...

Joseph esfregava a mancha seca de molho sobre sua camisa, bem perto do coração, com o canto do lenço. Sequer ergueu a cabeça, apenas respondeu que poderiam ter guardanapos de papel, e que se aquilo divertia Chef! E sobre os outros, sobre Zé à sua chegada, ele também investigara? Afinal de contas, ele não era um principiante! Zé fez mmm com os lábios. Depois Joseph pulou de viga em viga, hop, hop, como se atravessa um ribeirão de pedra em pedra, até o seu casaco, do qual tirou ao acaso duas cédulas.

— Pela minha diária de hoje — disse.

E as estendeu a Zé. Este as recusou. Joseph enfiou-as no bolso da camisa dele. Zé fez uma bolinha com elas e jogou-as num canto. Ah, o sorriso deles! Na parede as folhas do velho calendário batiam sem que se soubesse que brisa agitava aquele papel emotivo.

Zé pegou de novo a bandeja, voltou a descer, Joseph catou as migalhas, expulsando as últimas da beirada da lateral com grandes *fff* alegres que tinham mais de riso que de sopro, precedidos por uma profunda inspiração. Um pouco de geléia caíra sobre sua calça. Uma grande mancha pegajosa.

Depois pegou um taco, colocou as bolas no lugar e se debruçou, de costas para as janelas, um joelho sobre uma viga. Passos subiam a escada que acabara de engolir Zé. A branca marcada levou a bola vermelha em direção à outra branca, e Violette apareceu, a pintinha colocada sobre a face esquerda. Em blusa de seda amarela e ampla saia de couro lilás, segurava à sua frente, como Zé a bandeja, um pacote achatado embrulhado com celofane. Quem não tivesse compreendido imediatamente que ela trazia um presente não passava de um mal-educado. Joseph disse obrigado antes de Violette jogar o pacote sobre o bilhar e tornar impossível a tacada seguinte. A vermelha de chapa e a branca em uma tabela.

Depois Joseph girou um quarto de volta, viu-se sentado sobre a coxa dela, o taco ereto na mão direita. A saia de Violette arranhava a aresta das vigas, ele percebeu e deitou a cabeça sobre o ombro esquerdo. Eles tinham o que falar, o que ouvir, e Zé não os perturbaria, Joseph teria apostado, pois sabia que Violette viera somente para aquilo, hoje, e que trazia um presente. Ela ocupou seu lugar diante dele sobre a viga, inclinada sobre o seu ombro, mãos unidas no vazio da saia. Seus cheiros, por um instante agitados, perturbados, acomodavam-se entre eles, adormeciam nas pregas das roupas, no grão de suas peles.

— Não vai abrir?
— Depois.
— É uma camisa. Como você não tinha bagagem, pensei...
— Fez bem. Acabei de manchar esta aqui.
— Eu vi. Em todo caso, se precisar de alguma coisa... A menos que, mas não, Zé não conseguiria consertar o carro...

Ele ficou calado, fez somente oooh, bem alto, e sentiu os cabelos de Violette rolarem e lhe queimarem o rosto. A voz dela discorria, as fitas da mundanidade ordinária se desatavam, as coisas deslizavam por si sós. De tempos em tempos, ela erguia o queixo:

— Ida... Não lhe dei o vestido. Ela me roubou. Quem seria capaz de pensar que Ida algum dia comprou alguma coisa, sabe ela o que é o dinheiro, as moedas? É costume dela vir à loja. Ela entra, sem motivo, é só empurrar uma porta e lá está ela, diante do balcão, enfiando um chapéu de palha na nuca, colocando três vestidos um por cima do outro, enfiando um par de sapatilhas grandes demais, desempacotando todas as minhas luvas, de fio, de cabrito, de lã e espalhando-as pelos quatro cantos da loja como se estivesse libertando passarinhos, fazendo uma balbúrdia em minhas roupas de baixo, nas rendas e nas sedas, afogando-se nelas. E de repente lá está ela toda nua, encostada na porta envidraçada, porque um barco branco está desatracando do cais e desfralda-se uma vela de uma cor que lhe agrada! Teria feito igual se uma borboleta saísse de minhas caixas. Um capricho! Nem instante, nem duração. Ida é a eternidade, agora... Em seguida veste-se novamente, com o que lhe cai nas mãos, e tudo lhe vai bem, nada é grande nem pequeno demais, mesmo não sendo do tamanho dela, nada mais é ridículo, tudo combina... Ela abre os braços não na frente do espelho, mas diante de você, que se cala porque ela não escuta, transcende as cabines de provas, os talões de cheques, o

## MICHEL QUINT

batom, o lápis para os cílios, a máscara, a sedução, os homens e as mulheres, o que se veste, o que se faz, os apertos de mão e mesmo os beijos. Longe, por trás da dor e da felicidade, o amor, as carícias, ah, merda, ela não está nem aí para o que nos aflige! E ela está bela, belíssima! Você estremece com isso, ainda que seja uma mulher a vê-la, ainda que alguns caras a tenham beliscado e tentado embriagar, e que tenham passado a mão sob suas rendas com fins de se banquetear, que você tenha chorado sobre o seu café pela manhã, olhado os classificados nas revistas, passado cuecas e encomendado lingerie sexy para coroas com celulite, ainda que você veja seu pescoço murchar e seus seios caírem de sono, que você sinta ciúme dessa menina em diamante puro, que você fique aí, a colocar as mãos na boca e a dizer baixinho, Ida, oh Ida! E a chorar como nunca!

— E ela vai embora, um vestido novo no rabo, que você não tem coragem de lhe tirar... Como uma filhinha que você nunca teve e a quem fornecesse roupas...

Violette pesava agora contra Joseph, que tinha largado seu taco e se apoiado com o cotovelo na mesa. O perfume da voz dela de rum vermelho permanecia nas paredes caiadas, o das lágrimas transpirava de seus cabelos, ela respirava como adormecida, pacificada. Levantou a cabeça, os olhos marejados através das mechas, o rosto no coração da sombra azul. E Joseph acrescentou:

— Mas no dia seguinte, ou mesmo durante a noite, você correu até a farmácia. Hein, Violette? A noite acaba sempre caindo...

Então ela se deixou levar até os joelhos de Joseph, a nuca bem calçada pela perna dobrada sob sua coxa. Dessa forma ela descansava na horizontal, completamente sobre a viga, olhando-o a partir de baixo. Os olhares dos dias anteriores ameaçavam cumprir suas promessas.

— Quem é você, Joseph, para me dizer isso? Ter filhos, claro que eu queria ter tido! Mas Ida! Você não a conhecia, nem eu, não sabe o que ela era aqui, nem o que eu sou!

Com um dedo Joseph acompanhava o contorno de sua fisionomia. Aquela mulher abandonada, porém soberba, quase arrependida, oferecida à absolvição — teria bastado que a mão deslizasse até a ponta do decote onde se espargia um colar de grandes uvas douradas —, estava disposta ao sacrifício. Mentirosa.

— Oh, sim, eu a conhecia! — disse-lhe Joseph confidencialmente. — Melhor que ninguém. Pois eu a vi morrer. E de agora em diante não passo disto: do homem que, certa noite, assistiu ao irremediável! Por que estou aqui não tem importância alguma. A não ser porque escuto Ida falar. Ela está voltando, insensivelmente, mas a voz de vocês treme, eu encolho os ombros e a gente coloca de novo as bolas no lugar sobre o feltro! Quando tudo houver terminado, minha identidade, de onde venho, para fazer o quê, o dinheiro nos meus bolsos, nada valerá mais nada e vocês rirão de Joseph, um nome inspirado num dia que não era o bom, mas vocês, vocês todos, então, que me esperavam, mesmo ainda ignorantes do que são, vocês estarão no final desta história! E só lhes restará calar-se, como a morte!

Violette acusara cada uma daquelas palavras, escutando-as ressoar menos da boca que do peito de Joseph. Tivesse ou não ele razão, o que importava? Já se havia começado, a partida fora dada. Pela primeira vez não seria preciso acender as lâmpadas. Agora, caso não se tomasse cuidado, aquele bordel noturno ia durar. Apesar da primavera.

Ela machucou a coxa de Joseph erguendo-se sobre um cotovelo e depositou em sua face um beijo que desviou dos lábios dele. No limiar da boca escura da escada, brilhava o binóculo que Zé não largava mais.

●

A manhã aproximava-se da hora do aperitivo. A sombra do teto recuava semi-inclinada a partir da vidraça. Na sala, reinava um silêncio eloqüente e um aroma de café. O desejo, sobretudo. Os olhos se evitavam, encontrando-se no triângulo das bolas.

— Estou chegando! O que está acontecendo? Vocês não parecem bem!

Chef acabava de surgir, ofegante, *pfff, pfff* no meio de suas frases, em contratempo, vindo da escada. Naquela manhã trajava um uniforme impecavelmente engomado, sapatos reluzentes e quepe achatado sob o braço. Enxugava seus quatro fios louros com um lenço de papel umedecido que lhe deixava na testa pelúcias de um canastrão com resíduos de maquiagem. Joseph não se mexera, encostado no bilhar, e teve que torcer o pescoço para dizer olá, e aí, alguma coisa de novo? Violette, aspecto de mártir repudiada, e Zé ocupavam cada um um vão de janela, santos de braços cruzados, um com seu binóculo lhe batendo no peito, a outra fazendo vibrar seu pesado colar fantasia a cada golpe de respiração nervosa.

— Estávamos esperando você — respondeu Zé.

Imóvel, ele efetivamente parecia não pensar em outra coisa.

— Passou para perguntar onde está Ida?

Violette fazia a pergunta em nome da platéia. Transpôs duas vigas, dirigiu-se ao bilhar, as pernas contra os joelhos de Joseph, que levantou a cabeça para ela. Bertolt ocupou imediatamente seu lugar na janela, um olho no rebuliço diário do porto, o outro apreciando o conciliábulo, em que Chef logo afetou ares de conspirador. Montado sobre uma viga, acotovelado no pano verde à frente de Joseph, curioso acerca do embrulho de Violette que continuava jogado na plataforma da mesa, ele começou por guardar seu quepe e sacar uma caderneta do bolso da camisa:

— Sim... Atenção, tudo o que eu lhes disser é confidencial! Uma investigação oficiosa, eu poderia ter aborrecimentos... O que são essas manchas em suas roupas? Ketchup?

— Sangue — corrigiu Joseph. — Você tem alguma coisa na testa...

— Hein? Ah, merda, é meu lenço de papel! Dei uma fugida, estou de serviço agora, não posso ficar muito tempo fora! Sangue não deixa manchas assim...
— Não enrola! — impacientou-se Violette.
— Calma! Quando saí, tomei umas notas, às vezes podem servir mais tarde, nunca se sabe. Então me dirigi à farmácia dos pais de Ida, assim que abriu, para comprar alguma coisa para dor de estômago. Expliquei meu problema ao pai, ardências e tudo o mais. Ele me deu uns saquinhos para dissolver na água, e por que não consulta o dr. Bessières? O prefeito! Cafajeste, ele sabe muito bem que a gente nunca foi com a cara um do outro desde garotos, Bessières e eu, foi de propósito que perguntou aquilo? De todo modo, já no liceu ele pertencia à mesma patota dos grandalhões, que zombavam de mim porque meu pai tinha uma quitanda, o de Bessières já era médico e prefeito, e o dele, na faculdade de farmácia, era o professor! Gente de valor, eis minha posição oficial, hein, está vendo? Resumindo! Não tenho tempo, eu disse, e, estendendo trinta e dois francos e vinte e cinco por suas porcarias, aliás assinalo a vocês que paguei do meu bolso um remédio de que não preciso, peço notícias de Ida. Não a vemos mais, por onde ela anda? Viajando. Com a tia. A irmã da sra. farmacêutica, que, diga-se de passagem, também está ausente: num congresso em Marselha, no hospital de La Timone. O cavalheiro está sozinho há dois dias. Tinham achado que outras paisagens talvez fizessem bem à pequena. Claro! Ela partiu quando? Anteontem à noi-

te, tarde, noite alta já. No alvo! Na mosca! De carro? De carro. E essa viagem é para longe? Ele não sabe! Fez questão de não me dizer a data do retorno de Ida! A Europa, a Alemanha, a Áustria... Quanto à mulher dele, tampouco! Por sinal, esse congresso para mim é antes um pretexto para tratar um câncer! Ele vasculhava umas receitas, o que fez com que eu percebesse que estava ficando irritado comigo. Mosca de novo! Você, meu velho, não está com a consciência tranqüila! Era o momento de arriscar um golpe... Falei do vestido no porto, enrolado em uma hélice, que eu estava lá por acaso e que reconheci um traje usado por Ida ultimamente. Só estava ali para pedir que Ida prestasse atenção, que não deixasse suas coisas jogadas ao léu! Isso desmontou o homem. Uma rajada de vento numa roupa secando na varanda, eles viram o vestido voar, cair no porto, paciência, quiseram colocar luto por ela! Texto: luto, ele disse! Revelador, não?

E Chef fechou a caderneta, que não havia consultado, colocou as mãos bem achatadas na lateral do bilhar, o peito para trás, satisfeito. Então, gente boa, isso não é saber trabalhar? Em que Zé estava pensando? Em nada, manifestamente.

Chef olhou um por um para os outros três. Violette e Zé olhavam para Joseph. Joseph observava as três bolas, uma branca no canto oposto às outras duas.

— Talvez Ida esteja realmente viajando — acabou dizendo —, talvez o vento tenha levado o vestido, Violette pensou a mesma coisa, e talvez eu tenha tido uma alucinação e tenha sido outra pessoa que atiraram na água.

— Nenhum desaparecimento comunicado.

— Alguém de fora.

Chef alisava seu bigode ralo com o indicador, refletindo.

— É possível. Mas pouco provável nesta época do ano em que ninguém vem se perder por aqui: os hotéis estão fechados, os aluguéis também não andam bem... E depois, não senti o meu farmacêutico tranqüilo... É claro que, enquanto não encontrarmos o corpo, somos obrigados a esperar! Não é ele que vai comunicar o desaparecimento! E nenhum corpo foi resgatado, perguntei no IML!

— Então você acha que ele teve coragem de empurrar a própria filha na água? Você está se dando conta? O próprio pai? E Ida sabia nadar!

Chef parou de alisar o bigode e ergueu um indicador astuto:

— Pensei nisso! Um farmacêutico: ele podia drogá-la como bem entendesse! E depois, quem iria querer se livrar de Ida a não ser a família dela?

Joseph não respondeu imediatamente. Contentou-se em primeiro sorrir e olhar Chef bem nos olhos.

— A família dela? Por quê?

— Caramba!

Chef abriu uns olhos de "ninguém-supostamente-deve-ignorar-a-lei".

— ...como herdeira, a coisa fica mais plausível!

— Nesse caso, a manobra não foi perfeita. Como ele vai explicar o desaparecimento de Ida durante a viagem? A tia testemunhará que nunca levou a sobrinha!
— Diga agora que estou mentindo!
Zé atravessou, por sua vez, as vigas, veio colocar os fundilhos de seu jeans no canto do bilhar, o esgar interrogativo:
— Se estou deduzindo certo, você estaria nos acusando de ter matado Ida ou uma outra mulher qualquer? Chef, Samson, Bastien ou eu? Excluo Violette, naturalmente, já que você viu um homem.
— Raciocinando, isso seria bastante lógico. Porque o assassino me viu e, mesmo assim, não veio verificar quem tinha sido a testemunha de seu crime: esse famoso quinto cliente. Ora, ninguém, a não ser vocês, subiu até aqui. Portanto, estaria ele entre vocês? Por outro lado, admitindo que o farmacêutico tenha se livrado da filha, resta saber por que o fez, depois de dezoito, vinte anos; se a drogou e a empurrou na água, seria bem inteligente, creio, para escolher um álibi mais sólido. A menos que me provem o contrário...

Chef acabava de sacar sua caderneta, chicoteava o ar, forehand, lobby de back-hand, devolução do saque, a passada vencedora.

— Quem é você e de onde vem, vou acabar sabendo, já que se trata de um mentiroso: o número de seu carro está aqui, anotado. Verifiquei esta manhã na primeira hora pelo computador: é o número de um veículo destruído há um mês em um acidente! Mais algumas informações aqui e ali, e mato a charada! Quem nos diz que não é você o assassino de Ida, hein, que toda essa grana que ostenta não é o preço do contrato? Não gosto muito de você, Joseph!

Fechou de novo a caderneta, guardou-a de volta no bolso, pálpebras semicerradas e o sorriso pela metade filme B. Seu peito de pintarroxo estufava as pregas no quadriculado de sua camisa. O que é isso? Violette rearrumava algumas mechas no arbusto de seus cabelos, lábios entreabertos, sutiã fremente, Zé parecia apostar nas chances de uma mosca que atazanava o focinho de Bertolt.

— Se tivessem me dado dinheiro para assassinar Ida, terminado o trabalho eu já estaria longe. Quanto à minha identidade, meu passado, a razão de minha presença aqui, o pequeno romance que você pode criar sobre mim, preste atenção, você se arrisca a se decepcionar. Dito isto, não responderam à minha pergunta: como fez o farmacêutico para matar a filha e obrigar a tia a testemunhar que a levou para viajar, mas não exatamente, que no último momento ela não partiu mas que o pai mesmo assim acreditou na partida dela? Chef, você é um otário! Um otário nulo no bilhar, além disso!

O pulo para trás de Chef foi enorme, quase se chocou contra o armário, contra o vestido de Ida, do qual se afastou mal o roçou, manipulando a capa do estojo de sua pistola:

— Quando eu ficar sabendo, será a sua vez de responder! Porque você não está fora do caso! Em primeiro lugar, por que permanece aqui?

— Meu carro. E depois, gosto muito de assistir ao final de um jogo.

Zé e Violette, sem pestanejar, não olhavam para ele. Quase de comum acordo, cada um pegara uma bola na mão, porque estavam por ali, ao alcance. Violette, a vermelha. No cais oposto janelas fechavam-se contra o sol, carros passavam e enviavam, assim como os cromos dos barcos, breves pirilampos ao teto e às paredes da sala, como num baile de segunda. Violette abriu os dedos e a bola rolou até a tabela oposta de onde voltou para ela:

— Ninguém matou Ida. Ela vai voltar. Mas daqui até lá, alguém mais será morto. Não é verdade, Joseph?

Joseph ergueu para ela um olhar transparente, remexeu em seu bolso da camisa, tirou uma nota de cem que jogou para Chef:

— Para os remédios! O que tem nesse seu pacote-presente, Violette?

— Uma camisa. Para você. Como não faço roupa masculina, é a camisa de casamento do meu defunto. Não tive coragem de enterrá-lo com ela. Você também vai precisar de uma calça.

Chef já despencava escada abaixo, voltariam a vê-lo, que não pensassem em enganá-lo, que é isso? Joseph levantou o pescoço, Violette compreendeu e se deixou beijar no canto do rosto. Decididamente, aqueles dois ali...

— Obrigado. Você adivinha tudo: eu estava começando a me sentir sujo.

Zé ergueu novamente o binóculo.

8

O vestido finalmente secara. Quando estava quase deslizando para o chão, Joseph o pegara, com a ponta do taco, e Zé correra para tirar três ou quatro preguinhos das prateleiras do armário. Um último, arrancado com as unhas, estava preso a um pequeno recorte de jornal todo amarelecido. Uma receita culinária, os resultados de um campeonato de bocha, como saber? O papel amarelecera em torno do prego como triste camélia de fins de primavera.

    Praticamente não largavam os olhos do vestido, até mesmo entre duas tacadas no bilhar, dedicando-lhe atenção igual. Em seguida, assim que puderam, ficaram mirando o puxador onde ele secara, tentando conferir-lhe forma, como em uma vitrine. Duas tachinhas nas pontas das mangas abertas, uma única — pois estavam um pouco agarradas — reunindo as pregas em farrapos da saia, as duas últimas para os ombros. A gola, retalhada, pendia dolorosamente sobre o peito ainda intacto, afora um rasgo na região do coração.

Encerrada a partida, o marcador de volta ao zero, sentaram-se de um lado e de outro do bilhar, taco no pé, vigiando o sudário de Ida. Um reflexo de sol sobre um copo aquecia-lhes a nuca. Chef evadido, Violette fora, eles beliscavam umas bobagens, bebiam cervejas, deixavam correr a tarde ao ritmo de suaves tacadas. Apenas o barulho das chapinhas. Ainda não era hora para uma intimidade à la Bertolt, que se coçava indecentemente. Ainda por cima o vestido quase caíra. Voaram em seu socorro.

Trocaram um olhar de mercenários ladinos, vamos à revisão das confidências? Bertolt deixou-os, saltou o parapeito de uma das janelas para ir acomodar a cabeça, na tocaia de hipotéticos passarinhos, no redondo do R de "Bar", na beirada do telhado da varanda. E Zé começou a falar. Primeiro, em voz baixa:

— Sinceramente, nunca vi esse vestido. Por outro lado, sim, era seu estilo, branco, casacos, suéteres, anoraques, de acordo com a estação, e umas peças pequenas, leves, quando começava a ficar mais quente. Grande parte do que ela vestia era fornecida por Violette. A cordialidade entre comerciantes, você compreende... Violette, os farmacêuticos, Chef, Samson também, são todos do lugar... os bancos de escola, os bailes da mocidade, eles partilharam tudo, uma classe acima, uma clas-

## BILHAR INDISCRETO

se abaixo, um pequeno flerte, promessas de casamento, sei lá o que mais, um pileque, uma briga sem ressentimentos, o universo que Ida bagunçou mais tarde. Quando os pais perceberam os problemas dela, claro, consultaram o que havia de melhor, médicos, professores e tudo mais. Nada. Nenhuma esperança. Ela cresceria descobrindo o mundo no seu ritmo, porém, afora isso, era normal, não era idiota. No plano legal, alguém sem história. Engraçado dizer sem história agora que ela não passa disso, de tristes histórias... Ela simplesmente tinha outros olhos. E ninguém sabia muito bem onde era o lugar dela...

— E você, onde é o seu lugar?

— Aqui.

— Vamos, Zé...! Não desde sempre! Um bar sem fregueses cujo maior cliente é o seu próprio gato, lugar que você transformou num clube privê para membros limitados, desencorajando os curiosos! Por quê? Você vive de quê? Suas rendas, seus impostos? Violette o sustenta?

— Você sabe muito bem...

— Como? E como seleciona os eleitos do balcão? Pela política, o amor pelo bilhar? Seus coleguinhas acabam de tocar num taco pela primeira vez em muito tempo, e tenho certeza de que Bastien vota nos comunistas, só ele! E aí? Antigamente, sei disso, tinha mais gente... Sim, sim! Espere a minha vez de falar. Ela vai chegar. Enfim... Ida dentro disso? Apesar de tudo, ela não fazia parte do grupinho. Assim mesmo, veio. Não é verdade? Por muito tempo, ou com muita freqüência. Você ficou com o estômago embrulhado e cultivou o hábito de escapulir quando Violette lhe propôs casamento, associação a responsabilidades limitadas... Assim como Ida, na primeira vez ela usava esse vestido! No fundo, ao afagar sua Würlitzer você exibia ciúmes de anos idos com quem ninguém tem que se meter, você, que não fugia da luta, que acreditava mostrar os punhos ao destino, perder a ocasião de dar umas boas risadas com um golpe perfeito de outrora? Você deu um direto na ponta do queixo da juventude. Não é verdade?

Zé se levantara, tocou com o dedo, mas bem de leve, no vestido crucificado, no rasgo do corpete e no decote que teria revelado um seio, dando uma espécie de bocejo.

— Um rapaz louro. Eu vi entrar um rapaz louro, chapéu mole e terno de três peças. Ele dançava entre as mesas da varanda, Bertolt empinava no balcão, meu guardião mudo, você sabe que Bertolt nunca mia, ou raramente, e então vergava a espinha, curioso, só isso. Acompanhou o rapaz franzino com o olhar até que ele estivesse à minha frente, atravessado, um pé atrás do outro, toda a sombra do chapéu Borsalino na fisionomia. Depois Bertolt dirigiu-se para o seu pires de cerveja morna, no fim do balcão. Era tarde, a autorização de Bertolt eu já tinha, e o rapaz continuava ali, de guarda, braços ligeiramente abertos. Quanto aquilo durou, não sei, não sei. Eu tinha pegado as moedas no meu bolso e enfiado na

## BILHAR INDISCRETO

fenda da máquina, e ele ali, suspenso por uma música que ainda não escutávamos... E quando a música começou, ele tampouco escutou, só viu o disco sair, crrr, subir até o arco-íris da Würlitzer, observei seus olhos, azuis, dizer azuis é falar besteira, não eram azuis, a gente estava bêbado, você compreende, e cair no prato, chhhh, e a voz de Ella Fitzgerald em "Please Mister Paganini". Quando ela percebeu que o disco girava, tirou o chapéu e seus cabelos caíram, já estavam dançando, e eu vi seu rosto inteiro e ela começou a acompanhar uma música que observava sem ouvir. Você se pergunta se eu a reconhecera...! Aquela fisionomia inchada com pupilas grandes, bem grandes, e o queixinho, as maçãs cavadas, a boca de beijos, aquilo doía o peito! Nunca ninguém dançara tão bem. Abria o casaco com as mãos ao contrário, fechava-o girando sobre um pé descalço, o chapéu vinha cobrir sua testa, uma mecha rachada, três passos de lado, o busto ondulante, ah, merda, agora vejo bem que era uma menina normal, não demente como os outros diziam! Ela vinha até mim, estendia os braços, recuava no instante em que eu projetava minhas mãos, completo imbecil, o suor que derramei aquela noite, e os olhos de Bertolt, bichano salafrário e cínico na beirada do balcão, tudo, eu via tudo, e no entanto não estava ali, as coisas se passavam fora de mim, as coxas mal cabiam no jeans, os braços apertados nas pregas da camisa, os botões prestes a saltar: eu estava excitado! E era um sofrimento de que você não pode fazer idéia! A lua ao fundo, sobre a colina

## MICHEL QUINT

em frente, a aurora boreal fuleira da Würlitzer, e aquela menina vestida de homem que pulava sobre as mesas, subia nas cadeiras, corria como para partir, eu me erguia receoso, e ela voltava, braços abertos, paletó esvoaçante, requebrando! As estrelas do porto agitavam suas lantejoulas! Rolou o repertório inteiro, tudo, de A1 a Z12, cada quarenta e cinco voltas, todas as notas, as porras das minhas mãos as tocaram, na ordem, e, enquanto ela percebeu no meu desgastado gogó o prazer de antigos estribilhos, ela enfeitiçou a noite. Enfeitiçou é cretino, soa Tino Rossi, hein? Mas era simplesmente isso, simplesmente isso... E na última faixa, chamava-se "Why, Why", ela começou a desabotoar o colete, depois a camisa, a gravata pulou fora, o casaco permaneceu num encosto de cadeira, a calça, não sei como se foi, eu estava de pé, cara de idiota, o tremor do álcool e das loucuras de amor, eu estava com o bolso estufado, não parava de tentar escondê-lo como um chiclete velho, um lenço sujo, unhas encardidas, Bertolt segurava a gargalhada, e ela, em completo silêncio, apenas o eco do clap-clap da água contra o cais, naquela luz de feira, ficou nua em pêlo. Ida, que sequer conseguia dizer seu nome, nem ouvir o meu, que eu lhe dizia, Ida, cuja mão peguei e trouxe até aqui, degrau a degrau da escada, uma passada larga por cima de cada viga, a única que escutou minhas músicas, a única a quem falei. Ida sentou aí, na lateral do bilhar, e eu abri minhas bagagens, desenrolei cada ano, esparramei cada dor, alegrias também, todos os meus calendários se escoaram. Ficou nuzinho, o Bénézet! E, tenho certeza, você me entende, seu patife, tenho certeza de que ela compreendia!

Joseph levantou-se e foi na direção de Zé, diante dos andrajos conspurcados, lembrança de um belo vestido que apodrecia ali, no armário de um salão de bilhar. Taco deslizando pelo cotovelo, pelo pescoço, executando maquinalmente perigosos lances de baliza manhoso, nem sorriso, nem brandura no olhar, ataque incisivo naquela bolha vaidosa, você verá, vamos nos encarar no bilhar meu Zé canalha, e levantou com uma das mãos a gola mutilada do vestido. Assim obrigamos uma tímida a erguer o queixo:

— E você a beijou.

Zé deixou-se escorregar de joelhos ao longo do taco, que segurava como uma vela.

— Oh, sim! Oh, sim!

●

Zé tinha melhorado, mas ainda assim... Observavam-se, Joseph não perguntara mais nada, nem a propósito de Ida, nem do resto. Não valia a pena; aquilo viria a seu tempo. Pronto, recolocara as bolas no lugar e esperou Zé se levantar para jogar.

Apesar do sol equilibrado sobre a colina em frente, prestes a rolar pela outra vertente, em sua eterna manhã o carteiro do calendário de 68 continuava a dizer palavras suaves à atormentada. Era constrangedor: um fotógrafo maníaco tinha parado o tempo em kodachrome. Jamais a bela leria as linhas com comoventes erros de ortografia, jamais deixaria ali o coração repugnante de seus lábios lambuzados de batom. Encostado no bilhar, Joseph devaneava:

— Talvez seja uma carta de rompimento. O que acha?
— Francamente, preferia que fosse!

Divertiram-se com uma boa talagada. Não é muito caridoso zombar da desgraça do pobre mundo, mas reagiram de modo similar ao desnudamento de ainda há pouco: a tentação do enfrentamento, aquela cumplicidade do olhar, a loucura de colegiais intacta àquela idade, teriam trocado juras de amizade com tapinhas nos ombros, dispostos a retornar ao estado animal no instante seguinte. Foi o caso.

Os restos do almoço e do já remoto ajantarado secavam diante das janelas. Afora as canecas cujas últimas gotas lambera, Bertolt desdenhava os nacos de salaminho orduroso e as fatias de queijo úmidas. Mas isso atraía as moscas, o que o deixava com as garras doloridas.

Zé sentou-se sobre a viga central, esfregando no bilhar uma omoplata que lhe coçava. Joseph desprendeu o calendário e deslizou contra a parede, na altura do prego, até a mesma viga. Não sentiam mais fome, como Bertolt.

Assim, eram dois equilibristas cansados e saciados que descansam no fio no meio do céu, o espetáculo daqui de baixo fazendo-os lamentar serem obrigados a descer de novo, caso porventura não tenham caído antes. Joseph abriu o calendário entre eles e a formosa moça mordeu a poeira.

Logo em seguida aos horários das auroras e poentes, o almanaque dos Correios oferecia um leque dos mapas de cidades do departamento. Daquela em particular, onde Joseph parara, novamente. Polvo inusitado de tentáculos podados, estendia-se do mar ao mar, entre porto e praia, opostos, com a grande esplanada diante da prefeitura e uma pequena praça por trás da extensão do prédio. O resto irradiava-se, insensivelmente, em ruas e passagens alaranjadas ou pretas, até os pinheirais ou, para o sul, até os limites de um amplo terreno particular à beira-mar. Ali, sobrava um único caminho, colorido de laranja.

— Então me diga: existe apenas um caminho de acesso até o mar? O famoso, o das proezas de Chef, não é? Aquele onde ele salvou Ida da depravação.

— Tudo bem pesado, sim.

Com o dedo Joseph pôs-se a acompanhar itinerários no papel que estalava de seco. Tortuosos e retilíneos, praças da República e avenidas Jean-Jaurès, jardins Charles-de-Gaulle, cais do Comércio e da Gendarmerie — aquele onde se localizava o Bar de la Marine, gozado! — e a estrada departamental, ligando a quase ilha ao continente. Ele indicava a farmácia, a oficina de Samson, a loja de Violette...

— Chama-se "Aux Nouveautés" — comentou Zé.

## MICHEL QUINT

...a Gendarmerie, justamente onde Chef se alojava, o bar, a casa de Bastien, o vinhedo Régnier. E, curiosamente, tinha a impressão de sublinhar com a unha os vazios, lugares onde a cidade podia conservar a marca de Ida. Entre esses pontos, cujo centro era ocupado pela loja de novidades, ele imaginava as deambulações da moça, e fora deles também. Suas escapadas. Ao mesmo tempo, verificava-as. A palma aberta da cidade e suas linhas da vida, suas calçadas percorridas rosto altivo, o asfalto das ruas, as fachadas ocre, persianas entreabertas, portas contra as quais esbarramos, as que são surdas, as cercas vivas, as lojas comerciais conhecidas de cor, os muros obtusos e os atalhos sob os pinheiros, as pedras que rolam sob os pés, as cicatrizes do litoral onde a terra vermelha despenca e se mistura aos seixos, às angras alcantiladas... Ele seguia Ida, o nariz no vento do vestido dela, buscando sua mão, sempre uma polegada atrasado, lento demais, e ela corria, sem ouvir nem sua voz, nem o vento, nem o mar, nem nada. Ela precisaria voltar a cabeça. E por que o faria? Uma moça que ele avistara apenas de longe. Entretanto...

— Um mapa lhe basta? Você não precisa sair?

— E você, você sai às vezes?

— Raramente. Mas não sou um turista.

— Nem eu, e Ida tampouco. Mas ela fazia o contrário: ela vivia do lado de fora.

Nas veiazinhas do papel, nas artérias, nas altas frontes dos monumentos indicados em cinza, Joseph estava convencido de que jazia o corpo vivo de Ida, tal como atravessara os dias e as noites, a pele acariciada por gritos, ruídos, rumores, estrondos, ressacas que ela não esperava e que no entanto lia no balouçar dos mastros, nos debruns das ondas, nas sombras dos telhados, das árvores, nos olhares dos transeuntes, como um alfabeto estranho que lhe dava alegria.

— E você também se vê aí? — pergunta Zé, apoiando os cotovelos no bilhar, com as mãos por trás da nuca.

— Mais do que imagina.

— Ida não é a moça do calendário, você sabe. O que está procurando aí dentro? Pegadas, indícios, cruzes nos lugares onde Ida pratica todas as suas sacanagens, seus ganhos, seus atentados ao pudor, os detalhes despudorados dos lugares onde ela se matava, seus endereços espertos, provas de adultério, talvez de incesto, e o endereço do culpado da última burrice, na outra noite?

Joseph ergueu do calendário os olhos límpidos, a testa inclinada, passando o indicador em seu colarinho disforme de marido defunto. Zé voltou a cruzar os braços, pesadão, na exata largura da viga que ele cavalgava. Aquela cólera brutal de menino ciumento, veja só!

— O que estou procurando? — E a voz de Joseph não subia nem descia, esquecia os acentos, monótona, definitiva. — Nada. Eu, nada. Estou aqui, é tudo. E vejo, e ouço. Não estou procurando Ida, ela vem espontaneamente, e você verá que, embora morta, eu a amarei mais que todos vocês.

— Quem está falando de amor?
— Você, ainda agora, eu, agora. E Ida! Há quantos anos. Para esta cidade inteira que não a entende e para você que não a escuta. Tenho agora todos os seus cheiros sobre minha pele, suas ruas e praças nas panturrilhas, poderia caminhar por elas de olhos fechados. Conheço-a de cima. E de outros tempos. Por Ida, espero que me conte mais. Que todos vocês me digam a verdade, e por inteiro... O farmacêutico assassino? Não acredito nisso.

Todas as rugas de Zé resmungavam, franziam, e seu cinto ia estalar quando ele abrisse subitamente a tampa da respiração que tensionava seus músculos abdominais:

— A verdade é que você está estudando o terreno. Até Chef percebeu isso! Quem você deve matar, quando e como... eu quero que se dane. A não ser que seja eu. Aliás, sei muito bem que sou eu...

Joseph sorriu de lado:

— Precisa me provar isso.

— Você gostaria de conhecer meus antecedentes, não é? Por quem me toma? Por enquanto estamos nos agüentando, não é, e de mais longe que daqui, tudo bem, mas, sim, talvez valha a pena dizer as coisas! Então pare de fingir, não tente se esquivar, melar o jogo! Na primeira noite, você sentiu medo, achou que tinha caído numa esparrela, que lhe propunham um contrato e que, antes de honrá-lo, seus patrões conspiravam para comprometê-lo num outro negócio: o de Ida! Coincidência estranha, admita! E aí você não entende mais nada porque, pelo que você sabe, não há relação alguma entre os dois babados! Ao mesmo tempo, decide permanecer e realizar sua própria investigação, como um franco-atirador. Caso contrário, teria ido embora há muito tempo, missão cumprida! Você mesmo reconheceu! Por favor, vamos acabar com isso, não represente para mim a comédia das férias de infância, da peregrinação devota, da infância revisitada, do paraíso redescoberto!

Calendário fechado, pendurado novamente no prego, Joseph foi na direção de Zé seguindo a viga, sem se levantar, arrastando os fundilhos pouco a pouco. Farpas entravam em sua calça, rasgando a flanela. Até seus joelhos se tocarem. Se tivessem se inclinado, trocariam um beijo fraterno. O ar tornara-se suave, o paletó de Joseph, abandonado na corrente de ar, agitava suas abas, o feltro verdejava, o porto trazia aromas de cartão-postal por cima dos relentos de cerveja, da poeira quente e das distâncias deixadas pelo perfume frívolo de Violette. Ah, que beleza aqueles xingamentos em surdina!

— A verdade é que não somos anjos, certo, Zé?

O silêncio foi bem curto enquanto Zé procurava uma resposta, pois Bertolt saltou sobre o bilhar, como se a voz de Samson, esgoelando-se desde o cais, o enxotasse. Correram para as janelas. Samson estava apoiado no teto do carro, capô fechado, voltado para o dique. Com macacão de trabalho, sujo, que se confundia com a carroceria. Contentava-se em berrar, falso: "Joseph!", a cada dois segundos, e prosseguia naquilo, uma vez que sequer erguia a cabeça e não olhava quando era escutado. O céu esparramava-se sobre o porto. Persianas reabriam-se redesenhando em pontilhado a curva das colinas.

— Conseguiu? Está dando partida?

— Ah, finalmente! Essa brincadeirinha vai lhe custar caro!

Deu um quarto de volta e acariciava o sabor gorduroso do sal seco do pára-brisa.

— Você me sacaneou, e não gosto disso! A ignição detonada, as velas roubadas, a bateria discretamente desconectada, eu já tinha visto representantes comerciais que não suportavam mais viajar, mas o giglê de marcha lenta desmontado, nunca! Além disso, é difícil enxergar numa hora dessas!

Deu dois passos em direção ao bar a fim de que o vissem melhor, pôs as mãos nas cadeiras, baixando um pouco a voz:

— Estava com medo de que a gente não deixasse você ficar?

Joseph enfiou a mão no bolso e tirou uma fina agulha reluzente. Um giglê de lenta. Segurou-o entre o polegar e o indicador antes de jogá-lo para Samson, que naturalmente não o viu cair e gritou merda, devia estar sob a goteira, acenda seu letreiro, Zé, e tente enxergar, esse imbecil pode querer ficar e então teríamos que encomendar a peça! Joseph sorriu de lado para Zé:

— Eu estava era morrendo de medo de partir rápido demais.

# 9

— Não foi de propósito. Sempre me disseram que para esse tipo de soluço, de engasgo, é preciso examinar o carburador! Mexi...

— Deixe de história! Para isso seria preciso encontrar o carburador e desmontar o giglê! Muito obrigado, isso não é coisa para amador!

— Você me contou várias lorotas, que tinha descoberto a pane e que a peça estava chegando pelo *Aulis*! Estamos quites...

— Cada um com seu triunfo! A gente não se conhecia. De toda forma, por causa de sua estupidez de jogar o giglê pela janela, vou ter que encomendar mesmo a peça! Olá, Bastien, por gentileza, o pastis!

Samson mal tivera tempo de fazer cara de contrariado, pois estavam todos ali. Escalaram o Everest, deixando cubos de gelo pela escada, esquecendo os copos no balcão, Bastien, Chef,

## MICHEL QUINT

Violette, enrolando as pernas nas loucuras saltitantes de Bertolt, que miava por um pires de leite. Hora de bonança, de armistício. Nem queriam ouvir as histórias de Samson, que afinal diziam respeito ao ofício dele. Chef beliscava um pouco o lábio, puxava o bigode e bancava o importante. Bastien dera o saque, munheca no alto, olhar concentrado. Visava a linha dourada das tulipas-reclame alinhadas, sem mexer a mão, e todas recebiam sua dose. Apesar disso, ninguém compreendia exatamente por que Samson contava aquelas bravatas. Não era hora: chegara-se a um impasse em relação às diferenças. Um fim de tarde tão bonito. E aquela partida que ia começar, disputadíssima, onde iria desembocar! Alguns truques de Joseph eles já tinham compreendido, e não conte com aulas particulares, Zé! Como está parecendo um idiota com esse binóculo! Vamos, giz azul nos tacos e marcador no zero!

O grande tecido perfumado do dia sepultava o porto. As fachadas, o cais, os cascos brancos tinham assumido um encarnado de litoral exótico que virava o tempo. O mar curvava a espinha, ainda assim azul. A vontade era sentar e calar durante o parêntese. E Ida não estava mais ali, e todos espreitavam o esboçar de seu nome nos lábios dos outros. Quem vai tocar no assunto porque não se agüenta mais? O quinto cliente, talvez?

Aqueles cujos olhares recaíam sobre o vestido encolhido pelo sal seco, pendurado na porta do armário como um velho olho de lula, passavam a mão na testa, escolhiam um taco entre os que começavam a ficar espalhados, em virtude das exigências de Joseph que não largava o seu, e resmungavam: duro demais, flexível demais, o couro está estragado, desgastado, mais uma dose de pastis, uma ida até a janela para aspirar nadas que lhes roçavam a narina, depois punham-se a cavalo sobre uma viga.

Violette palpitava numa saia colante de jérsei e uma ampla túnica de seda, mandarina. Em desespero de sedução. Samson não parava de repuxar com um dedo o elástico de seu short cheio de graxa, pêlos para fora, Chef empertigava-se em seu moletom oficial, Bastien lutava para não ter seus membros enredados em suas teias azuis. Joseph fez a demonstração de uma *rétro*, com a tabela do fundo, de chapa, bem retilínea, no dorso, nádega na lateral da mesa. A cada tic-toc das bolas, erguia os olhos, Bastien, Violette, Zé, Chef, Samson? Pareciam concordar, e daí? Questão de treino. Fingindo prestar atenção em outra coisa. Samson, este, ruminando um giglê de marcha lenta desmontado, logo iria atacar, e com violência. Antes que se jogasse o primeiro ponto, antes que se pudesse acusá-lo de alguma coisa. E Chef o apoiaria.

Joseph pôs as bolas no lugar e o marcador no zero. Aproximaram-se do bilhar. Duas equipes: Joseph, Zé, Violette, depois Samson, Chef, Bastien, alternadamente. Com chances iguais. A honra da primeira tacada coube a Violette, por tradição já estabelecida. Errou por um bom centímetro. Sua bola com uma pinta igual à da sua face esquerda bateu nos quatro cantos como se buscasse uma saída, um derradeiro beijo. Os touros dão assim algumas voltas pela arena, desprezando o toureiro, e verificam que precisam combater. O segundo a jogar era Samson. Ele tinha esperado que a bola de Violette parasse, girando em torno da mesa em busca do ângulo ideal. Ao mesmo tempo olhava para Joseph. Não fez a tacada. Todos pararam. Joseph lambia vestígios de giz em seus dedos, farrapos de céu. Mudo. Samson colocou seu taco na borda da tabela e as mãos em cima.

— Vejo então que é minha vez. E não apenas no bilhar. Enquanto eu não tiver falado sobre Ida, vão achar que estou escondendo coisas...

— Imagine, de jeito nenhum... — murmurou Chef, o zíper do casaco de moletom aberto pela metade sobre uma camiseta de tropa regulamentar.

Segurava seu taco como uma vara de pescar, entre duas vigas.

— ...Não houve corpo de delito, apenas o testemunho sujeito a caução de alguém que desembarca aqui, e para fazer o quê? Diante do que nós sabemos, nós! Então, nada de investigação: acusam de ilegalidade! Todos são livres...

— Concordo, sei muito bem, e sou o primeiro a dizer: olho vivo nesse aí, esse Joseph não é católico! Mas se eu não falar, não vou conseguir jogar! Não chega a ser uma questão de consciência. Quero simplesmente dizer: a gente sai na calçada, abre o capô de um carro, senta no escritório, vai buscar encomendas na chegada do *Aulis*, da melhor maneira, veja, a gente se despe na frente da janela antes de fazer amor com nossa mulher, e falta alguma coisa, alguém, um olhar sagrado que imprimia uma insolação no coração e nos permitia continuar a viver com nossa dor de dente. Merda, Chef, sinto falta de Ida! E vocês também! Por quê?, estou me lixando. Quem a manipulou, acariciou, fodeu, prostituiu, quem se aproveitou dela para chantagear seus pais farmacêuticos, quis fazer escândalo, isso não é problema meu! Mas quando me disseram que talvez ela esteja morta, não é mais possível, compreende, não é mais possível! Por que diabos estamos aqui jogando essa porra de jogo com esse cara que vem nos atormentar?

Ele começara a falar balançando seu torso peludo e sua cabeçorra de pedreiro siciliano antes de Chef acabar de argumentar, como um solo de trompete puro explode sozinho no meio de um blues importado estilo *ballroom*, incapaz de esperar o final de um *riff* careta demais, sem entranhas. Disposto a sair na porrada, ele estava, mas a gente se controla. Os outros olhavam por entre os respectivos pés, faziam riscos de poeira com a borracha dos tacos. Bastien pegou novamente o pastis. Chef primeiro ergueu a sobrancelha, depois o canto direito de seu bigode triste em direção a Joseph, que fingia pendurar o calendário:

— Estamos distraindo o senhor Joseph...

— Não fale besteira! Você mesmo dizia, viagem imaginária, cumplicidade implícita da família! Você veio desenvolver uma teoria sobre isso em plena refeição do meio-dia! Mais um pouquinho, e passava as algemas no farmacêutico essa manhã!

— Ainda era muito cedo, e me deixei influenciar. E tem mais: existe minha convicção e existem os fatos. Ora, eles mostram que o pseudo-Joseph é mais preocupante que o desaparecimento de Ida. Ida, para mim, não passa de um estado civil.

— Achava-se isso, antes. Mas quem de nós, agora, poderá passar pelo porto, ir à praia, falar com as pessoas, quem conseguirá viver sabendo que empurraram Ida na água, que ela se afogou e que talvez tenha sido um de nós a fazê-lo?

Samson agarrara com a ponta dos dedos a faixa emborrachada da tabela e, olhando para o vestido asqueroso, pendurado atravessado no puxador de um armário que não fechava mais, inspirava do fundo dos pulmões.

— Não temos certeza, justamente...

— Cale a boca, Chef! As contas com Joseph você pode acertar mais tarde, no bilhar ou como quiser, não agüento mais! Todos os dias eu via Ida, todos os dias. A ponto de deixar Colette com ciúmes. O que não é do feitio dela. Do escritório, ela a via entrar na oficina e acenava um bom-dia com a mão. Ida sorria! O mecânico, esse vira-lata que passa brilhantina todas as noites de sábado e me conta sobre a gostosa que paquerou e como estava legal no cock-pit de seu velho Dois Cavalos, nunca teria ousado tocá-la. Ele reciclava o chiclete dela! Pode? Ela se colocava atrás de mim, em silêncio, bem rija, e o tempo todo que eu trabalhava, porque eu não levantava o nariz das minhas válvulas e do meu distribuidor, ela não se mexia! Nem mãos, nem pés, nem gestos! Pertinho, a um metro das minhas costas, e no entanto eu percebia seus olhos tragando as nuvens, sua face, seu sorriso de passarinho, a cor, não sei o nome exato, louro, palha, cor de lua cheia, de seus cabelos, seu corpo embaixo de vestidinhos sumários, conversas comigo na minha cabeça, conversas que retomávamos no dia seguinte, sem palavras! Às vezes ela entrava num carro e bancava a madame, passava as marchas, baixava o espelho, fazia sinal para alguém passar, buzinava, tão alto que era preciso detê-la, visto que era surda, não é mesmo? Ou então instalava-se na lanchinha de Colette, aquela para suas compras litorâneas, colocava o capacete, a jaqueta, acelerava, freava, debreava... Os ziguezagues desfilavam na cabeça dela, inclusive as curvas fechadas lhe davam medo, e seus olhos arregalavam ainda mais! Colette ria atrás do vidro do escritório. O único em que ela não encostava a mão era o Mercedes do pai farmacêutico. Examinava-o de longe e fugia rápido. Seu prazer, nos outros carros, era quando eu abria a porta para ela sair, antes de escapulir absorvida pelo sol da praça. Havia aquele segundo insuportável, à contraluz, quando ela vinha de tarde, quando, subitamente, eu não a via mais, depois atravessava o chuveiro de luz, e novamente Ida corria na diáfana brisa do porto...

 Calou-se e ninguém disse nada. Joseph, encostado na parede, segurava seu taco como um fuzil nos braços, Bastien, sob o calendário, fazia clap-clap com a boca, sedento, Chef fingia não ouvir. Violette estava sentada recostada em Zé, sobre a viga próxima das janelas, e apoiava seu rosto no quadril duro dele. O armário inchava os rostos. A claridade da luz do lado de fora ricocheteava nos ombros deles, congelava o teto escamado de amarelo baço por cima das lâmpadas estagnantes. O dia caíra rápido, rápido a ponto de assustar a noite.

— Vocês vão dizer que eu sou maluco, que quis estuprá-la ao sair daqui, que ela resistiu e deu no que deu. Eu não teria conseguido. Ela talvez, quem sabe, teria sido capaz de me jogar na água, mas juro a vocês que eu não teria tentado voltar à tona!

Afastara-se do bilhar tropeçando em cada viga até erguer as mãos com as unhas sujas à altura da gola do vestido do armário. Sem se voltar, tão baixinho que só foi ouvido porque ninguém respirava mais, disse apenas: ah, merda — e o resto não passava do ruído das lágrimas que ele bebia nos lábios dela.

●

Depois das brigas e das dúvidas, das bravatas e das certezas respectivas, voltaram a se aboletar em torno da mesa.

Os outros tinham abandonado a partida, quase constrangidos. O que estava acontecendo com todo mundo para se comportar como num confessionário? E eles dois, Joseph e Zé, o que se passava entre eles que não compartilhavam com os outros? Nada, o que poderia haver, respondera Zé, e todos se resignaram. Ao mesmo tempo abreviaram a partida e a noitada, com uma careta de pesar no canto dos lábios. Sobretudo Violette, que mordera a aba de sua camisa de seda. Por que tinham tanta dificuldade para permanecerem juntos, quando a noite estava tão quente? Partiram em silêncio, deixando Zé e Joseph na mesma posição em que ainda se encontravam.

O feltro do bilhar reverberava a luz baixa, esverdeada, sobre suas nádegas rígidas de basbaques curiosos. Aquilo lhes conferia bundas de marcianos, e, se o soubessem, teriam rido e reforçado o retrato, a camisa para dentro da calça, o requebro engraçado, o que não teria servido de nada. Mas a eternidade fotográfica não passava por essas celestes pradarias noturnas. Agora, que tenham o ar de caipiras, que fiquem estupidamente com os joelhos dormentes na aresta da última viga, que tenham os rins doloridos, isso adianta alguma coisa? Observavam o prefeito-médico receber quem de direito sobre seu três-mastros, ancorado quase em frente ao bar, na orla da iluminação do cais.

Qualquer um poderia achar que o carro de Joseph era o de um convidado, tão próximo se achava do convés. Não estariam com olhos mais abertos se uma princesa estivesse se casando na presença deles. Sobretudo Zé, que decididamente não abandonava mais o binóculo, alternando distância e indiscrição. Joseph perguntava:

— O que está vendo?

Zé respondia:

— A água que bate, a noite que se abate!

E deixava cair o binóculo porque ria demais e não conseguia mais se acomodar. Joseph dispunha as mãos como viseiras, tentando suprimir os reflexos contundentes das múltiplas luzes sobre o porto.

— O rastaqüera de conjunto branco é o prefeito?

— E a ruiva de cabelos soltos, a potranca de casaco verde, sua mulher. Bem sacado. Ou então você já sabia, não é? Os outros dois casais devem ser amigos políticos, não os conheço.

— De que bordo?

Zé soprou um riso espantado:

— É você que pergunta? Evidentemente, não são anarcosindicalistas! O lado inescrupuloso, negocista, o por-baixo-do-pano legal e caixas pretas incolores, honesto até a medula, devotado ao eleitor, sua camisa pela felicidade do proletariado em andrajos!

— Isso me faz pensar: ainda não agradeci Violette. Não será fácil tirar a camisa do finado cavalheiro quando ficar suja, mesmo para lavar. Orgias no programa?

— Difícil no cais! Muitas testemunhas, possíveis fotografias. Em geral, põem-se ao largo pela manhã. À noite, voltam falando genovês, sobrejoanete, doze nós, cavidade de tantos metros, esforços no cabrestante, madame no leme, e o Conselheiro como marujo, só digo isso! Essas damas retocam o batom mirando-se no cobre das amuradas, os cavalheiros enchem a pança e jantam juntos às quartas, sem falta, hein, e repete-se isso ou aquilo. Na verdade, contornaram a quase-ilha sem alçar as velas, motores em meio regime, e ancoraram na angra dos Gêmeos, a mais afastada, protegida por dois rochedos semelhantes, e inacessível por terra, a não ser pelo pinheiral. Mas ninguém vai lá, os penhascos são muito íngremes, não altos, mas perigosos...

— Ninguém a não ser Ida.
— A não ser Ida.
— Ela levou você lá?
— Eu, não. Outros talvez, mas eu não. O certo é que não foi ela quem contou. O que ela viu a aterrorizava... Prefiro não falar sobre isso.
— Samson foi lá, Chef também, Bastien, Violette, uma vez, duas vezes, eles me disseram, mas como estão do lado do prefeito!
— Até Bastien?
— Bastien? Ele daria a vida pelo prefeito! Desde o tempo do pai já pescavam juntos! Todos eles viram. Não sei se era com Ida.
— Mas Ida sabia. Ela olhava o barco do prefeito deixar o porto, bem comportada, e você podia vê-la daqui deslizar à direita da prefeitura. Depois a perdíamos de vista, mas ela atravessava a praça da Libération em frente à delegacia, braços abertos, saltando um pé depois do outro, a caminho da praia, e, exatamente na altura do vinhedo Régnier, entrava no pinhei-

ral! Ou então passava em frente à loja de Violette, contornava a oficina de Samson, e voltava para o pinheiral no fim da ruazinha, Frédéric-Mistral, se bem me lembro! Ou ainda, vinha até aqui, subia a escada, ali, à direita do bar, passava por duas ou três casas, a de Bastien por último, e não era o caminho mais comprido. Ela escolhia o itinerário. Estou enganado?

— Não. Uma vez que conhece perfeitamente o local, você tem a escolha do momento. De agora em diante pode contar com uma recepção por semana, e, quando a temporada esquentar, um embarque de convidados todo domingo ou sábado, bem de manhãzinha. Daqui, com um bom fuzil, uma luneta, é impossível errar o alvo! Quer o binóculo?

E Zé, meio irônico, meio provocador, passava a correia por cima do pescoço, estendendo, por fora das janelas, o instrumento a Joseph. Joseph franzia os olhos, observava a ruiva de vestido verde, ombros nus, tirar um cara gordo de paletó riscado de sua poltrona do convés. Vai, vai meu querido, não esconda o jogo, me dá licença, a aragem vai lhe fazer bem! Ela lhe dizia isso. Ou algo aproximado. O prefeito requebrava alguma coisa com uma loura em lamê preto de quem não se viam os pés, sereia esquisita e fúnebre que tropeçava a cada giro. Um tango, obrigatoriamente, ou um *paso*, não se ouvia muito bem por causa da brisa do mar, mas ele mantinha as mãos nas ancas da dama.

— Obrigado, não — Joseph acabou respondendo. — Acha que estão nos vendo?

— O que você acha! Olhos nos olhos, todas vítimas perfeitas, abandonadas! Espera que eu deixe você cumprir a sua tarefa tranqüilo?

— Por que está dizendo isso, Zé? Quer me levar ao meu limite? Que minta sobre minha presença aqui ou que faça em seu lugar uma besteira de que você tem vontade há muito tempo?

— Quanto às besteiras, ninguém precisa de ninguém. Por definição. Essa história de terrenos, hein, é isso?

— Que terrenos?

— Os que o prefeito está tentando reunir para construir um segundo porto de luxo, do lado da praia e das enseadas, com marinas privês, piscinas, tênis, complexo comercial e tudo o mais!

— E daí?

— E daí, não sei! Politicamente, ele se torna perigoso para o seu partido, para os caras estabelecidos! Ou pisa no calo das companhias mais poderosas, entende o que quero dizer? Nada lhe pertence, as propriedades fundiárias aqui, tudo o que ele pode conseguir são as autorizações, mas os hectares de cimento a serem autorizados, para comprá-los, é preciso que estejam à venda! E ninguém, pelo que ouvi dizer, quer vender, principalmente a ele! Sua testa de mar ficou toda enrugada! É isso? Descobri? Você veio matar o prefeito? Não se preocupe, neste caso não serei um obstáculo!

Lá no barco, arrastavam-se mesas. Nos baldes, garrafas substituíam garrafas, e o pequeno grupo estava de pé, cuspindo caroços de azeitona por cima da amurada. O grande barco embandeirava-se de pratos e de rolhas. Os maxilares cintilavam, o cristal tilintava, estavam a sós, entre os outros barcos escuros, convinha que o bem-viver pasmasse e, sobretudo, que se risse alto. O terceiro casal, jovens louros em terno cinza-claro e vestido de coquetel lilás, recompunha-se, um fio de cabelo fora do lugar. O marido levava com o lamê preto, estupidamente, um papo intelectual, fazendo grandes gestos de leque com a mão, o que devia irritar sobremaneira a bela escamada. A esposa deixava-se acuar contra a porta da cabine pelo senhor prefeito, que não parava de encher o copo. Debutantes do prostíbulo mundano, ancorados. Deslumbrados da noite.

Joseph, braços cruzados no vão da janela, virava de tempos em tempos a cabeça para os comentários abalizados de Zé, que detalhava tudo no binóculo, é caviar, merda, talvez salmão, e o dom pérignon não é de graça! Deixava sua calma preparar a resposta que não vinha. O porto encolhera até as dimensões daquele convés, o céu começava na flecha daqueles mastros, o universo tinha um leme, e basta! De repente Zé deixou o binóculo cair e, suicida de araque, passou para fora uma perna, se você não responder eu pulo, contra a qual veio se esfregar Bertolt, de volta da tabuleta que espalhava sobre o telhado uma água azul. Bertolt estava com medo de molhar as patas ali. Joseph imitou Zé, e a perna direita de um e a esquerda do outro roçavam o plástico transparente da varanda. Foi então, que, com os reflexos do falso dia nos rostos, perceberam que teriam saltado juntos sem hesitar se tivessem certeza de reencontrar Ida, cuja sombra branca sabiam que velava no fundo da sala.

— E se eu lhe disser que me pagaram para matar Ida?
— Se você veio eliminar alguém é o dr. Bessières. Ou eu. Mais ninguém! Sou eu, Joseph? Enfim me encontraram para acabar comigo?

Joseph passou a outra perna para o vazio, debruçou-se no limite do equilíbrio, mãos contra a parede da fachada:

— Pretensioso! Por que a vítima não seria eu?

## 10

Sentados sobre a viga em frente às janelas, sensatos inspetores do dia que passa, Joseph e Zé olhavam para a mesma coisa. Ainda. A sombra teórica de Ida sobre o porto. Inútil dizer a espera que tentavam burlar, bancando aqueles que não têm nada a trocar senão suspiros de satisfação. Porém, para além da figura de Ida, fungavam como impassíveis jogadores de pôquer.

Joseph estava, colarinho aberto, com a camisa branca engomada, com as extremidades puídas, legada por Violette. Não fizera a barba nem tomara banho, recusando-se a utilizar outra coisa da choupana de Zé que não fosse os WC. A camisa causava efeito, mesmo assim. Zé não poderia ter-lhe emprestado suas roupas, tamanho pelo menos duas vezes maior. E depois aquele eterno quadriculado azul e o jeans folgado não emagrecem nada, em primeiro lugar. Era preciso pensar em ressarcir Violette, sem constrangê-la. Mais alguns dias e talvez a calça riscada viesse, depois o sobretudo. Joseph ficaria parecidíssimo com o finado sr. Violette em seu casamento. Pensava naquilo o suficiente para puxar entre dois dedos o vinco de sua calça manchada, semeada de pêlos de Bertolt, a fim de manter o mais duradouramente possível sua aparência imponente. De toda forma, logo Violette escolheria para Zé, no catálogo, as roupas novas da ternura oficial, conjunto de tailleur e terno completo. E o amor deles seria na medida.

— Já foi casado? — perguntou de supetão Joseph.
— Não.

Pronto, estavam chegando. Contra a parede. Dispostos a girar as chaves dos velhos armários.

Bertolt sofria um acesso de ternura ronronante, uma espécie de apaixonado paludismo felino que o precipitava, pêlo sedoso, contra as pernas dos dois homens. Pisava-lhes os sapatos, erguia o rabo, resmungava de satisfação, buscava embaixo, *mezzo voce*, a carícia de um tornozelo, e seus dentinhos pontiagudos se revelavam, cruéis e inofensivos. Estava manifestamente bêbado, tão cedo, deixando a beiçada enxugar a espuma do seu último meia-pressão. Joseph procurava fazer coincidir sua memória com a paisagem, por transparência. Será que encontraria Zé? Resolveu abrir a primeira brecha:

— Fim dos anos cinqüenta, início dos sessenta, não era então você?
— Ainda não.

## BILHAR INDISCRETO

— No lugar da Würlitzer, parece-me que havia uma televisão, uma Ribet-Desjardin com uma tela quase redonda, e os Jogos Olímpicos de Verão. O boxe, o jovem Cassius Clay, e a corrida de ciclismo, na pista, com Maspes, Antonio Maspes, um italiano. E aquela negra, Wilma Rudolph, que corria como uma gazela. Claro, não estávamos sozinhos. O bar todo enfumaçado, os cotovelos grudados no balcão e os olhos virados por cima dos ombros, em direção à televisão.

— Não era aqui. Comprei a Würlitzer ao mesmo tempo que as paredes, ou quase. Eu queria uma. Mais tarde digo por quê.

— Ah!

Joseph insistia, não estava longe de deixar subentendido que Zé mentia: no entanto, as mesas da varanda na hora da volta da praia, o trinchante da sombra do bar, a mãe que entrava se abanando com seu chapéu de aloé, o assovio do pai sedento, ele, Joseph, que calculava quando a máquina de amendoins funcionaria sem colocar moeda, e as duas cervejas que chocavam na mesinha. Seu copo chegou, borbulhante até em cima. Repetiam-lhe que não bebesse rápido demais a limonada. Zé não se lembrava? Não? Puxa, Joseph tinha quase certeza! As coincidências, por que não? E aquela convicção interrogativa fustigava Zé, que não estava longe de adquirir uma outra. Não gostava de reconhecer Joseph, a quem jamais vira. Mas a quem, com certeza, esperava.

— Me esperar? Por quê? Afinal, nunca nos encontramos!
— perguntava Joseph. — Você fazia o quê, antes? Antes da limonada.

Pronto, chegamos, pensou Zé.

— Ministro.

Ok pelo ministro. Aliás, Zé não tinha nenhuma razão para mentir, e Joseph sabia. As perguntas eram puramente formais:

— Onde isso?

— No Alto Volta. Em Uagadugu. Sob as ordens de Mugo Naaba, espécie de imperador das tribos federadas.

Imperturbável e irônico, Zé. Dizia suas verdades como outras tantas mentiras. Bem jogada, Joseph. Mais uma bola perfeita! E Zé como ministro usara fraque e cartola, cordões agaloados, roseta na lapela? Encarnara durante as cerimônias coloniais aquele eterno marido janota, cujos trajes hesitava em vestir ali pela boa causa de Violette? Não, não devem ter encontrado nada do tamanho dele, ou apenas um uniforme de bazar. Maldito Zé! Não surpreende que Violette lhe dedique uma fraqueza de favorita possessiva! Mas o que sabia ela desse passado e do que Zé conservava dele? Ela ia chegar, os outros também. Talvez recebessem notícias de Ida. Ou de si próprios, pensando bem.

Por trás dos dois homens, entre os puxadores mal fechados do armário, deslizava silenciosamente, escorrendo das prateleiras, a malta desordenada dos objetos.

— Ministro de quê?

Zé se debruçou para fazer cócegas no pescoço de Bertolt, usando uma manobra rigorosa, quase militar, e ergueu para Joseph um olhar purificado de penitente, por baixo:

— Da Derrota. Durante três anos respondi pelo título de ministro da Derrota!

●

Joseph esperou até tarde. O aperitivo do meio-dia se deu em surdina. Zé pegara suas coisas e descera novamente, antes de acrescentar:

— Há mais de vinte anos aguardo sua chegada. Não são cinco minutos, hein?

Por sinal, ninguém mais subiu, nem se demorou no balcão. Joseph ouviu a habitual comitiva, Chef à frente, chegar e partir. Se houvesse algo de novo... Sentado em sua janela, observava os barcos que continuavam a ser surrados, lavados. De tempos em tempos, voltava ao calendário e sonhava. Nas partidas e chegadas do *Aulis*, examinava seu relógio. Em seguida, Zé retornara, colossal no vão da escada, e com as mãos fechadas Joseph dispusera as bolas. A partida começara, na segunda tacada Zé falava:

— Previno-o de que a história vai ser comprida.

— Continue falando...

— Porque você quer verificar se não está se enganando de vítima? Veja, enquanto eu tiver coisas para lhe contar, você não pode me matar!

— Já conheço o final. Mas conte assim mesmo...

— Toda sexta-feira pela manhã Mugo Naaba partia para a guerra...

## MICHEL QUINT

— Uma vez por semana?
— Oh, uma guerra simulada: fingia-se, você vai saber por quê... Enfim, quase simulada. A cerimônia ritual era realizada na varanda do palácio imperial. De cada lado da esplanada de terra batida, em frente àquela grande tenda meio européia, meio nativa, tinham-se instalado mesas, guarda-sóis rústicos também, de fibra, para os funcionários franceses e tudo o que o lugarejo tinha de brancos representativos. As damas não eram convidadas. No maior calor, ninguém sabia se convinha abanar-se com o chapéu ou mantê-lo na cabeça. Esse dilema ocupava todo mundo até as dez horas. Então Mugo Naaba saía em grandes passadas furiosas! E, com ele, servidores, conscientes de sua responsabilidade. Depositavam diante de cada espectador uma taça de cristal lavrado e uma garrafa de champanhe num balde. Só isso. As rolhas espocavam e Mugo Naaba pedia gritando o sabre e o cavalo. Estava decidido, tinha sofrido vexações demais, havia rumores de revolta. Certa desprezível tribo minoritária tramava complôs contra o seu poder e autoridade, dele, chefe da tribo majoritária! Falava isso duas vezes, em francês e inglês, pequena saudação com a cabeça à direita e à esquerda, acrescentando que partiria para a guerra imediatamente...
— Mentiroso!
Zé bateu com o taco na lateral do bilhar:
— Espere! Deixe-me terminar! Então, vinham os gritos, os protestos de lealdade das pequenas tribos, que não sabiam a

qual delas ele iria declarar guerra a cada semana! Que problemão! Inclinando um pouco a cabeça sob o sol, podiam-se ver os seus plenipotenciários. Prostrados no chão, erguiam as mãos pálidas, imploravam a clemência do colérico colosso. Quase um metro e noventa! Segundo sua própria expressão. Aguardava-se uma decisão: quem ele iria atacar? Ele se perfilava em seu uniforme único no gênero, totalmente colonial francês mestiço de anglo-saxão, boné cintado e tiras de pele. Que encenação: suas botas fustigavam a poeira em amplos meneios que partiam dos quadris, seu grande sabre batia em sua palma da mão aberta! Porém, em meio às invectivas rituais, ele não se esquecia de mandar substituir as garrafas de champanhe de seus convidados, logo esvaziadas. Com um franzir do cenho, indicava ao garçom distraído que a cabeça dele pularia fora se uma rolha não fizesse o mesmo imediatamente. Aquilo durava uns quinze minutos.

— E depois?

— Depois, repentinamente, tomado de cólera fingida, seu cavalo ajaezado esfregando o chão com o casco, ia se plantar, sabre erguido, grandes passadas, sob o nariz de um aterrado daqueles. Não adiantava bancar os inocentes, sabia que a tribo dele era culpada de tentativa de motim e intenções revolucionárias! Nem álibi, nem desculpas, ia exterminar até o último recém-nascido dessa raça cuja vilania perdia-se na noite dos tempos! Sempre o mesmo bonito discurso bilíngüe, pronunciado com voz tonitruante! Tinha muito orgulho daquilo. Os outros vassalos, meu velho, então respiravam melhor! Você os via reerguerem a cabeça. A terra poeirenta, vermelha e seca, laterítica, desenhava em seus semblantes uma máscara de pierrô negro. Em seguida começavam as negociações, exatamente quando Mugo Naaba fazia menção de montar de novo seu cavalo e declarar efetiva a mobilização geral de sua guarda pessoal e dos valorosos guerreiros de sua tribo. Assim mesmo!

"Nenhum dos hóspedes coloniais mostrava qualquer emoção. Simplesmente, inclinavam o panamá sobre a orelha, escondendo o rosto. As taças tilintavam contra os dentes. As apostas corriam. O que será que aquele ladrão do Mugo Naaba ia querer para interromper sua comédia? O embaixador da tribo visada apressava-se em mandar depositar presentes no centro da esplanada. Aves com freqüência, para começar. Entre os espectadores, a moeda mudava de mão. Mugo Naaba, com um pé no estribo, considerava de cima a magra oferenda. Nem champanhe, nem jóias de valor, nem tecidos preciosos, por quem o tomavam? Decididamente, era hora de castigar os facciosos! De um salto estava na sela: partiriam para a guerra!

— E o ministro da Derrota em tudo isso?

— Justamente, deixe-me terminar: o ministro da Derrota chegava nesse momento e era o único a tremer. Se por acaso a tribo incriminada não fosse capaz de produzir imediatamente algumas cabras, iguarias e mercadorias adquiridas junto àqueles mesmos mercadores que bloqueavam a champanhe ali, estava perdido. Obrigado a entrar realmente em guerra, Mugo Naaba o mandaria supliciar! Era quando o ministro avançava até a beira da varanda para receber em pessoa presentes suplementares. Cabras, algumas armas brancas, sacos de ervilha... Então, Mugo Naaba apeava. Largava seu sabre e voltava para o palácio depois de ter aceitado, digno e glorioso, os acenos de chapéus daqueles cavalheiros administradores e homens de negócios que se levantavam, segurando a segunda garrafa de cabeça para baixo. Bem, dizia, já que esses rebeldes haviam chegado à resipiscência, ele se dignava a indultar. Nesses termos! Nessas circunstâncias oficiais ele só falava com um vocabulário obsoleto. Um resíduo de seus quinze anos de estudos na Universidade de Aix-en-Provence. Antes de desaparecer, podia-se ouvi-lo ainda assim murmurar num tom de extremo cansaço: "Pfff! Que calor!" Era o sinal de fim de alerta. O mundo importante dispersava-se, os embaixadores das tribos deixavam o lugar. Guardas levavam o gado vivo para os cercados. O ministro da Derrota encarregava-se do resto, de que ia prestar contas rigorosas lá dentro com Mugo Naaba. De fato, esse cara foi o patife mais rematado que já conheci.

— E, durante uma bela sexta-feira, você fugiu com o butim de guerra!

Zé viu Joseph se reerguer depois de errar por pouco um pequeno massé na vermelha:

— Já que você sabe, por que quer que eu conte?

Joseph foi marcar seus pontos, passou giz, animadíssimo:

— Porque você está com vontade. E eu gosto de escutar.

# MICHEL QUINT

Empenhado em uma série difícil, num canto do bilhar, Zé não respondeu. Quando espalhou o jogo e errou uma tabela fácil, Joseph fez menção de dar a volta na mesa preparando a tacada seguinte. Sua pergunta previsível veio a meia-voz, sem que interrompesse sua concentração.

— E como se tornou ministro da Derrota?

Zé esperava por aquilo. Colocou uma nádega sobre uma viga:

— Perdendo no bilhar, como hoje, contra Mugo Naaba. Um negócio que começou quando abandonei meus estudos de literatura por desespero de amor e fugi para o Alto Volta com esperança de fazer fortuna vendendo queijo de Auvergne. Os africanos eram loucos por ele, pelo que diziam. Investi tudo o que tinha e os negociantes de lá riram no meu nariz: só havia demanda para o camembert. Toda semana, uma caixa refrigerada chegava ao aeroporto, recebida pessoalmente por Mugo Naaba. Perdi todo o meu estoque, estava sem um centavo quando fui visitar Mugo Naaba com minha última amostra válida. Você compreende, se ele gostasse, criava a demanda. Não gostou do queijo, mas me arrasou no bilhar com caçapas: se eu ganhasse, ele me adiantava o dinheiro da próxima entrega dos queijos de Auvergne. Excelente teste para um ministro da Derrota! O dele acabava de ir para o beleléu. No dia seguinte, assumi as funções e levei uma segunda surra. Em seguida, todas as sextas, era preciso recomeçar, depois da falsa ida para a guerra. Uma maneira de gerar autoconfiança, de se sentir, apesar de tudo, vencedor. O chato é que, à força de jogar, eu me tornara melhor que ele. Eu espirrava o taco de propósito, ele ficava fascinado! Todas as semanas eu era encarregado de ganhar uma guerra que não acontecia e de perder uma partida de bilhar sem efetivamente jogá-la!

Com esta última frase, Zé, em equilíbrio, taco atrás das costas, como enganchado naquela ridícula vara, decidiu-se por um impossível *rétro*, escolhendo deliberadamente a solução mais louca. Errou. Paciência.

Era preciso continuar a não falar de Ida. No entanto, nesse presente que se evitava, nesse passado exótico, somente ela estava em pauta. Todos não passavam de sua sombra em pleno sol. A última derrota. Porque todos, Zé como os outros, tinham boas razões para tê-la matado. Ciúme feminino, medo de chantagem, tráfico de terrenos, paixão depois de estupro...

No andar de baixo, sem que sua entrada tivesse sido percebida, Bastien cumprimentava Bertolt saciado, esvaziava para ele na passagem seu fundo de cerveja babado: desculpe, você bebeu demais e estou com sede. Levava o tempo de tirar outro chope e subia pesadamente, caneca na mão. Boné para trás, passada sempre vacilante em seus jeans excessivamente largos, mas o semblante satisfeito em todas as suas rugas, começou a reclamar, entre dois goles, porque eles estavam guardando os tacos. Ora, justamente quando ele chegava?

— Exatamente. Você introduz seriedade numa hora dessas. Escutá-lo e jogar faria mal ao bilhar e à conversa.

Zé tinha falado. Joseph poderia tê-lo feito em seu lugar, de pé diante da taqueira. Deixaram os braços penderem, e o sol alto, em suas costas, recortava a luz nos dedos deles. Cada tremor de mãos agitava longas asas de sombras em leque. Pardais tentavam pousar nas janelas, convencidos de que podiam beber naquele lago miniatura verde, avistado de longe, menos perigoso que o porto, freqüentado por predadores. Alguns só se recuperavam da miragem depois de terem dado com o bico contra a ardósia sonora do bilhar e beliscado o feltro, fazendo um breve rasgo estrelado. Bastien acompanhou-os com o olhar por um instante, desfrutou do silêncio, enxugou os lábios espumantes de cerveja e disse:

— A sra. Régnier está viajando.

A dama do vinhedo, possivelmente. Era um enigma e uma revelação, algo acessível apenas aos iniciados. Seria a viagem daquela dama um acontecimento para que Bastien o anunciasse de forma tão cerimoniosa e fizesse aquela cara de parvo? Zé batia as pálpebras, Joseph observava atrás de Bastien o recente jorro de objetos do armário, com vontade de interrogá-los, montar novamente o mecanismo das relíquias que só existem para lhe assegurar que você ainda faz parte do presente, a despeito desse passado amontoado. Bastien, vagamente embaraçado pela falta de perguntas, continuou:

— Pela primeira vez em dez anos! E da última vez que quis sair do vinhedo, ela seqüestrou um garoto que não lhe pertencia. Não é verdade, Zé?

## BILHAR INDISCRETO

Zé opinou, quase distraído, silencioso ministro derrubado.

— Ida não foi seqüestrada. Está morta — observou Joseph.

— Empurrada na água por um homem! Enfim, acho...

Bastien esvaziou o copo, que colocou sobre a lateral de acaju do bilhar, e começou a brincar com a bola vermelha, amassando-a com uma das mãos. Pronto, agora sua revelação assumia todo seu valor. Deixa passar um instante e diz, acento bem apurado nas nasais:

— A sra. Régnier deixou o vinhedo na noite em que você chegou. Ela tem cabelos curtos, é alta, sempre de calça comprida. Você enxergou mal, de longe... E, se não me engano, Ida tinha passado a noite com ela!

O sol riscou o recinto em dois, horizontalmente, na altura das coxas dos três homens, e eles permaneceram imóveis naquela água clara canalizada pelas vigas. Joseph recolheu ali entre os dedos um pouco de luz líquida, que espargiu com um gesto amplo pelos cantos do salão:

— Então a tia de Ida seria ela? A que a teria levado numa viagem-surpresa na outra noite? Bastien, você é tão idiota quanto Chef e igualmente nulo em três tabelas! Ninguém poderia levar Ida com o consentimento do pai e ao mesmo tempo se tornar o álibi oficial dele!

Bastien deixou a bola cair dentro de sua caneca, que se espatifou. Em seguida, tirou o boné.

## 11

Foi preciso esperar que todos, Chef, Samson e Violette, voltassem. Bastien exigira. Só então se dignara continuar, abandonar sua bravata de veterano combatente ofendido, e responder a Joseph. Como se as coisas tivessem acontecido muito longe e no entanto só assumissem sua realidade ali, no concílio. Enquanto isso, esvaziara cervejas, tentara tacadas no bilhar que agravavam os estragos dos passarinhos. E, sobretudo, que o deixassem jogar sozinho! Quando chegou a hora do aperitivo e dos salgados, do pão, das bocas cheias, quando Samson se preocupou com Colette que ia se preocupar com ele, Bastien finalmente falou:

— A sra. Régnier partiu com Ida, sim. Matá-la seria matar sua filha: ela tratava Ida como uma boneca viva. Eu boto você para dormir, você fecha os olhos, eu te balanço, você grita mamãe. Só que Ida nunca disse nada. Deixava-se levar, e mais nada. Quando eu cuidava do jardim, freqüentemente vi Ida empurrar a porta do vinhedo, a que dá no caminho da praia. Era uma borboleta, um pierídeo pálido. Passava bem em frente ao carrinho de mão ou à mangueira que eu desenrolava, e opa, meu rosto ardia com uma beijoca. Não é certo que isso realmente tivesse acontecido: já estava dando cambalhotas sob a colunata, ao abrigo do sol! A sra. Régnier saía ao encontro dela, sinal de que eu não devia me ocupar com o que não me dizia respeito, mas com meus canteiros de louro, meu bosque de amieiros, minhas ervas daninhas, e entravam. Eram os dias em que a adega não funcionava, os vinhateiros também não trabalhavam. A entrada da adega fica no fim da colunata. Já as vinhas não são meu domínio. Elas descem até o mar, e as safras são bem reputadas. Tenho apenas o jardim para cuidar, uma vez por mês. Entre as vinhas e a colunata, em frente ao andar térreo da casa. Todas as visitas de Ida ocorriam nas tardes em que eu trabalhava ali. Eu me perguntava o que podiam falar a velha ricaça e a pequena muda. Ainda mais que a sra. Régnier e os pais de Ida, os farmacêuticos, não se dão. Algo a ver com essa história de terrenos...

— Essa história de terrenos? Os que interessam ao prefeito?

Todos os quatro voltaram a cabeça para Zé, no fim da fileira. Será que podiam responder a Joseph? Zé manuseava o binóculo em seu torso, parecendo um militar. Cabe a você decidir, como se lhe dissessem. Será que ainda se falará de Ida, de seus pés descalços, daquele olhar riscado por cabelos bêbados, da infância, será que ainda se falará de nós? No mesmo instante compreenderam isso e ergueram olhos de paroquianos deslumbrados, inocentes, prontos ao Pater ou à Ave, independentemente do pecado que não iriam confessar. Bastien precipitou a elocução, rosto franzido:

— Hein? Os terrenos? Não, é outra coisa... Ida entrava, todas as persianas fechadas. Casas como aquela, com móveis envernizados e cômodos amplos, tijolinhos reluzentes ou assoalho encerado, vi disso nas ilhas, no tempo em que eu navegava. A gente imaginava as mulheres sobre divãs, seus espartilhos desatados por trás dos mosquiteiros e dos criados que traziam os refrescos. Ali, porém, Ida estava sozinha com a sra. Régnier. Arrancando meu capim, nuca no sol, ocorriam-me idéias que soavam o alarme. Um dia, aquilo não podia deixar de acontecer, Ida não voltaria a sair. Eu entraria no vestíbulo escuro, chamaria, e ninguém me responderia! A velha teria levado Ida para uma volta ao mundo, num grande veleiro, em trens, automóveis, aviões, e não as veríamos de novo! Oh, sim, ela tiraria essa revanche!

— Revanche de quê?

Joseph olhava para fora. Sua calça suja fazia papadas nos joelhos. Era a hora plena em que o porto desperta de novo, brevemente, em que a vontade de partir volta depois do calor. Sobre os tombadilhos ardentes, algumas damas ainda se bronzeavam, a passarela esticada até a bordo. O cheiro de pedra e cimento quentes dominava todos os outros, exceto o do salão de bilhar, característico, de suor e água-furtada.

— Eu lhe falei duas palavras sobre isso ainda há pouco: sobre o garoto que ela tentou levar. Ela o criara durante nove anos e uma decisão judicial negou-lhe a guarda efetiva e a adoção. Era no iniciozinho, quando eu trabalhava no vinhedo Régnier, depois da minha aposentadoria. Os jornais só falavam desse caso, e havia mais jornalistas em frente à prefeitura que garrafas vazias no fundo do porto! O primeiro escândalo de filhos retirados da mãe de criação após serem abandonados. Os pais eram lioneses, uns fulanos, e um belo dia desembarcam — eu estava cuidando dos amieiros —, descobrem seu Julien vestido como um milord, à vontade ao lado de damas que usavam diamantes grandes como ouriços-do-mar, tomando chá sem derramar no pires e tendo lugar cativo em colégio particular! Coloque-se no lugar deles, que assumiram a cor verde dos invejosos e dos proprietários: Julien, restabelecida a situação deles, voltou a Lyon e, logo em seguida, foi a hora de fazer as malas e dizer até logo! Apesar de tudo, eles sabiam viver! A mãe Régnier, estou a revê-la, me chamou, sem raiva, pela janela da sala: "Bastien, pode vir aqui um instante?", e quando entrei, enxugando as mãos na calça e com Julien chorando tudo o que podia, tirou calmamente o fuzil do armário como se fosse uma xícara de café ou açúcar, dobrou o cano e inseriu dois cartuchos antes de me passá-lo: "Se eles se mexerem, você atira!" Merda, olhei para eles, com o dedo na trava, para não arriscar um acidente, eles não soltaram um pio. Coitados. E a mãe Régnier escreveu umas palavras pelas quais eles renunciavam a Julien e lhe deixavam sua guarda até a maioridade dele. Assinaram e os acompanhei até a porta. O chefe da adega disse-me depois que eu havia corrido um grande risco, mas me saíra bem. Eu jamais teria atirado, e depois, o pequeno Julien, os pulos de alegria que dava! Ao partir, eu tinha uma nota grande enfiada aqui, dobrada, veja, na palma da mão, e disse obrigado. Mas no dia seguinte, não foi a mesma coisa!

Chef tentava agarrar o bigode com a ponta dos dentes, o moletom toda amarfanhado, raspando seu tênis no chão sem deixar sua viga.

— No dia do assalto, eu estava...

— É verdade — admitiu Bastien —, à paisana, mas estava lá. Ainda que não me tivesse dado bom-dia. O juiz, o procurador, todos me enchiam os ouvidos falando num megafone. Nós, os empregados, assistíamos do muro do vinhedo, do lado de fora, com os dedos dos pés empinados nas pedras para ter a visão por cima. Na realidade, você diz assalto, mas não houve um. A sra. Régnier saiu, o fuzil encostado na cabeça do menino, e depois então, sob a colunata, bem em frente à onda de sol, lembro-me da imagem, ela começou a chorar sem barulho e empurrou as costas do menino, uma vez, mais uma... Até os pais dele, que esperavam protegidos atrás dos policiais. O traje de verão de Julien, cinza com galões, com o culote comprido, não era comprado e ela mesma dera aquele laço borboleta. Santa mulher! Nunca a vira antes de vestido, sobretudo aquele, um negócio sem alças e uma barafunda de anáguas que criavam como uma flor de crepom por baixo, e saltos que a faziam torcer sem parar os tornozelos sobre as pedrinhas. Entregou o fuzil ao juiz, ao passar, e o pequeno Julien esgoelava-se dizendo que queria ficar, e ninguém dizia nada. Os gritos do pirralho na leve brisa do mar sobre as vinhas e os bosques de loureiros... Na época ela talvez tivesse quarenta e cinco anos, e não podemos imaginar como era bela...

— Você acha que, porque sou policial, não entendi nada?

— Oh, não! naquela tarde de julho você simplesmente não olhou para Elizabeth Régnier, você suspirou de alívio porque tudo terminou sem maiores aborrecimentos, sem perceber que ela não tinha conseguido ajustar os últimos fechos do vestido. Sozinha, não era possível! Sozinha, imbecil!

Bastien tremia, a bochecha magra oscilante, o pescoço de galo esticado. Chef ria sem graça. Aquele velho que lhe contava seus amores de criado!

— Caramba, o Bastien está apaixonado pela patroa! E o farmacêutico, teria entregue a filha a ela? Dizendo que estava com a tia? Eis uma novidade, e que nos adianta bastante! De toda forma, vou mandar procurá-la e a mãe Régnier fica por minha conta!

Ele, Chef, queria exatidão! E depois, como falavam sério e ele parecia se divertir, será que Joseph recuperara a memória, ou os documentos? Não, é claro, não é mesmo? Mas paciência, os computadores funcionavam! Os acidentes, os atentados, os assassinatos, os roubos de automóvel, Chef estava de olho!

E, afinal, um pouco covardemente, deixavam-no falar, cabisbaixos, exceto Joseph, olhar fixo e lábia de vendedor de gelo. Estavam falando de Ida, não? De terrenos também. Bastien pegou seu boné sem responder. Joseph se voltara, cabeça um pouco inclinada:

— Ida. Ela tomou o lugar de Julien, é isso? Mais comum, impossível.

A corrente de ar desgrenhava seus cabelos e corria sob sua camisa engomada que a pança estufava. Chef careteava com o bigode. Os outros não ousavam mexer as mãos, mal respiravam, e se tivessem aberto a boca teriam gritado de medo. Ou de dor. Bastien só mantinha de pé o olhar, as mãos abandonadas contra seu macacão disforme, e seu sotaque descarrilava.

— Não. O lugar de Julien permaneceu vazio, com seus brinquedos, seu quarto, seus móveis e tudo o mais. Ida entrou naquela casa empurrando a porta como se colhe uma fruta numa árvore do caminho, e a sra. Régnier, calada desde o caso de Julien, a não ser para dar ordens, diante daquela muda recobrara a fala! Sei disso, eu as escutei! Eu a escutei...

Joseph acocorou-se entre as duas janelas, rolando um taco entre as palmas da mão. Não erguia a cabeça, apenas os olhos, para os cinco em cuja testa o suor brilhava:

## MICHEL QUINT

— Um outro milagre! Você tem que nos contar...
Bastien fez sinal de que não e virou as costas.

●

Bastien quase fugira, agitando os braços. Ao passar por cada viga, tropeçava com as alpargatas e rosnava. Na escada, escorregou. Ninguém se levantou, ninguém virou a cabeça. Apenas Zé esticou o pescoço, espreitando-o pela janela em sua saída pela porta do cais antes de voltar para casa. Quando se teve certeza, pelo barulho das mesas arrastadas na varanda, de que ele partira, incólume ou não, Zé o avistou dobrar a esquina, os joelhos espanaram-se, fizeram pfff! Com os lábios, deram olhadelas para a direita e a esquerda, que o pessoal ficasse sabendo que as efusões de Bastien eram história antiga, depravada, em que aquele velho misturava tudo.
— Cerveja para todo mundo — disse Zé descendo. — Conseguimos deixar Bastien envergonhado. Mas ele vai voltar...
Em frente ao armário, esticou o braço, tentou juntar os batentes, impedir que o vestido de Ida sofresse. Manifestamente, aquilo não era mais possível. Tudo transbordava dali de dentro, rangia, claudicava, despencava suavemente, sentia-se que os velhos duendes renasciam dos sonhos de outrora. Alguns dos objetos da mixórdia já agonizavam perto da primeira viga.

— Enquanto não contamos as coisas, não sabemos se as vivemos — acrescentou Zé.

E seus passos estalaram nos degraus. Os outros se abotoavam como matronas que tentam vestir novamente uma roupa da juventude.

Afinal, por que exporiam a vida do lugarejo diante de Joseph? Porque Zé ficara amigo dele e o hospedara? Cada um com seus problemas, e a gente tem nossa dignidade! Se isso lhe dá prazer! Aliás, será que sabiam o que Zé guardava em seus punhos fechados, o que ele via ao baixar as pálpebras, e que a música tocada pela sua Würlitzer pertencia apenas a ele? Achavam-se todos vazios, e imensamente infelizes por isso. Então, quanto ao cada-um-com-seus-problemas, sejamos prudentes!

O dia despedia-se discretamente, pela porta entreaberta aos aromas do sol.

O olhar de Joseph, sempre acocorado diante deles, porém, os constrangia. A morte de Ida, o que tinha ele a ver com aquilo? E, depois, aquela idéia de lhes ponderar que o assassino não podia ter deixado de perceber a iluminação esverdeada do recinto, que por isso se dirigira ao bar para verificar que não o tinham reconhecido! Aquele famoso quinto cliente! Aquela idéia de suspeitar deles e de obrigá-los a se suspeitarem mutuamente, à própria revelia, e a se confessarem, se exporem! A ponto de corar. O que tinham feito, em nome de Deus? E ele, com que direito? Parecia que Zé o fizera subir, jogara uma partida com ele e o deixara dormir ali, tudo de propósito! Ah, se não houvesse aquele vestido, a atitude do farmacêutico, essas confusões aqui! Joseph, com seu carro supostamente enguiçado e suas maneiras de dar aulas no bilhar, como o teriam espinafrado!

Chef pensava nisso, Samson não estava longe, azucrinado com o giglê de marcha lenta sobre o carro de Joseph. Pensava em Colette, sua mulher, que sempre tomara Ida por uma tarada, uma ladra de marido, uma falsa inocente, uma garota mimada. E relanceava a subida do vestido colado acima dos joelhos de Violette. Violette sentia-se apertada em suas roupas, e lufadas de calor davam-lhe vontade de se abanar com a mão, o que não ousava, sem saber por quê. Pensava nos fechos da sra. Régnier e se perguntava como, ainda há pouco, persianas fechadas, fazendo efeitos com o busto diante do espelho, ela subira sozinha, até em cima, o fecho de seu vestido de verão branco. Sozinha. E pensava em seus seios pesados demais que curvavam a cabeça. Peitos muito bem-educados, brincava Zé, nas grandes noitadas. Aquelas em que, ao voltar para a loja, tarde mas ainda cedo na noite, ela esparramava sobre a cama a parafernália de marido de seu velho defunto. E dormia com as calças amarrotadas entre suas coxas encolhidas.

Colocaram as bolas no lugar para uma pequena partida. Pequena, juraram.

Todo o porto serenava e velhos casais permaneciam diante de veleiros cujo preço ignoravam. A bocha começara na frente da prefeitura, em torno do quiosque de música. Velhos empurravam para trás suas boinas de brim desbotadas e apontavam dedos cheios de calos, sentados em bancos desconfortáveis que teriam dificuldade para deixar. Uma tarde entre outras. Na tabuleta, o B, de bar, há muito tempo apagado, começou a piscar bruxuleante depois da chegada de Joseph.

A partida foi quase muda. Mas jogou-se, porque estavam ali, porque agora tudo entrava nos eixos, afinal de contas. As cervejas se deixaram beber, as lâmpadas baixas foram acesas, riu-se inclusive de tacadas felizes e de erros vergonhosos. Joseph deixou-os fazer como quisessem, repetirem as tacadas, ajudarem-se com as mãos, mudarem no último instante a posição de uma bola para marcar o ponto, trapacearem olhando-o no fundo dos olhos. Zé sorriu quando Chef fez um rasgo no canto esquerdo, na direção do armário, terminou sua cerveja quando o salto de Violette fez mais um, exatamente do outro lado, porque quisera tentar um *massé* subindo na mesa. Não se falara de mais nada, o marcador de pontos tinha estalado sob o punho de Samson que deslizava os pontos por grupos aproximativos, evitavam-se os toques, embora os tacos às vezes se roçassem, recuavam os olhares para fora do cone de luz, postavam-se numa viga ou se entrincheiravam por trás, de tocaia, tacos em riste, as outras cervejas tinham chocado, depois Violette ganhara e atirara o taco no feltro. Era tarde, ia embora. Samson também. E Chef amanhã estava de serviço.

Violette descera por último, depois de uma carícia rápida no pescoço de Zé, sentado na janela da direita, e um pequeno aceno a Joseph, apoiado na parede, em frente. Do lado de fora encontrou Chef e Samson, acompanhou-os até a esplanada, na ponta do porto, e os deixou com um beijinho para o qual inclinou a cabeça.

Então, Joseph e Zé apagaram as lâmpadas. Pegaram os tacos novamente e começaram outra partida, em silêncio, marcando os pontos apenas com uma troca de olhares, sobre um quadrado de lua que deixava na sombra um bom terço da mesa.

Bastien, que retornara com a discrição do arrependido, encontrou-os assim. Mal faziam barulho ao passarem pelas vigas, aveludando suas tacadas, e estavam no entanto prontos, Bastien sentia, a se espatifarem mutuamente os tacos no crânio. Foi ele quem provocou a avalanche do armário ao encostar nele de mau jeito. Uma última tacada em duas tabelas rolou, toc na vermelha, toc, a outra branca. Ficaram frente a frente, Bastien, as pernas soterradas pelo turbilhão heteróclito do armário, eles, com a arma no pé, de cada lado da mesa. Bastien começou baixinho:

— Ainda há pouco eu falei de boneca... O termo talvez não seja exato, exato... Porque a sra. Régnier tentou uma única coisa todas as vezes em que recebia Ida: fazê-la falar. Eu a vi passar horas a repetir uma única palavra, a gritá-la, a murmurá-la no ouvido de Ida, para terminar em lágrimas. Em primeiro

## BILHAR INDISCRETO

lugar, havia a cerimônia, a mesa redonda com a toalha de renda e os talheres de prata, as iguarias que ela mesma cozinhava e servia. Tudo ficava pronto antes da chegada de Ida, eu reconhecia os aromas sedutores, depois passava ao comprido das janelas da sala, desenrolava minha mangueira, tinha meus truques. Depois que Ida entrava, subiam para um quarto da frente, de onde eu escutava a voz da sra. Régnier. E um dia, antes que descessem novamente, postei-me contra a parede, na brecha da primeira persiana, o olho abraçando toda a sala, e esperei. Ida instalou-se à mesa. Reconheci-a com dificuldade: uma senhorita maquiada, penteada, brincos e pulseiras, vestido brilhando como uma manhã de orvalho. Se querem saber, pensei: a sra. Régnier está brincando de fada! Não é mais Ida, é Cinderela!

Bastien arrebitou o queixo, todos os sulcos do rosto acusados pela penumbra. Deu uma espécie de fungada, o pigarro dos fumantes.

— Depois percebi que não era uma brincadeira. Vi os olhos delas, ouvia-as respirar, escutei cem vezes a mesma palavra dita pela sra. Régnier e articulada por Ida, sem som, com um esforço que lhe deformava o rosto. Vi a dificuldade delas, os beijos que as impediam de chorar, e, não sei como, entrei. Sem me dirigir até elas, permaneci no grande vestíbulo frio, na entrada do salão, braços caídos, suor aflorando no pescoço, o meu macacão de trabalho sobre minha carcaça de nada. Ambas olhavam para mim. E a sra. Régnier, sabem o que fez? Deu dois passos até a cristaleira, a provençal, em carvalho envernizado, e acrescentou um talher à mesa. E eu, esfregando as mãos cheias de terra na minha calça, ocupei meu lugar. E todas as vezes, de um ano para cá, as coisas aconteceram da mesma forma. E todas as vezes eu me afogava nos olhos de Ida, tremia quando a sra. Régnier me conduzia pela mão do vestíbulo até a mesa. Mesmo sendo velho, vocês não sabem disso, não se perde o sentimento. Ficava ali, sobre a grande cadeira dura, as alpagartas arranhando o belo tapete, no meio de móveis luxuosíssimos, a gente acha que não está em seu lugar, que passou da idade, que uma é muito rica, a outra jovem demais, e que a infeliz... e a gente fica escangalhado por dentro, com vontade de arrancar o coração das colinas com as unhas.

Ele deslizara suavemente ao longo do armário e continuava atrapalhado em meio àquele monte de objetos vagos, o vestido de Ida, altivo, incisivo, cínico e resplandecente. A lua petrificava Joseph e Zé. Depois, Joseph colocou uma coxa sobre uma viga, com um movimento, sem parecer deixar o lugar onde estava de pé, imediatamente antes.

— Os terrenos, Bastien, está esquecendo deles... E Ida, vesti-la, despi-la no quarto de cima, a filha do farmacêutico, muda, que não contaria nada... Uma dama e um velho emocionado, Bastien, tenho certeza de que há fotos "artísticas" em algum lugar...

Lentamente, apenas empurrando as pernas, Bastien voltou até o puxador do armário. O outro lado estava agora completamente obstruído pela algazarra de trastes abandonados que transbordavam querendo sair.

— Patife!

Baixara os olhos e não fitava mais Joseph, mas Zé ajustava seu binóculo, através do qual viu apenas, de chofre, a boca de Joseph, lábio inferior mordido e sangrando.

12

Joseph desdobrava, para passar a manhã, uma camisa limpa, exatamente igual à primeira e também trazida por Violette, que enrolara a outra como uma bola numa cesta de ráfia e dobrara a calça por cima.

— Vou lavar. Vou mandar a calça para a lavanderia. Manchada como está, será preciso uma limpeza de luxo...

Diabos, o luxo! Quantas camisas de luxo possuía o finado cavalheiro? Ou nem todas eram do casamento? Qual das duas, então, fora desabotoada por Violette na noite de núpcias? Quanto à calça de reserva, não havia dúvida, era de fato a única, preta, para grandes ocasiões. Não exatamente de corte smoking, mas com alamares de cetim, era tão insólita que só podia ser usada naquele dia único de loucura oficial. Um uniforme para uma única ocasião. A rigor, poderia ter sido reutilizado na hora do enterro. Por que então Violette não dispensou ao finado cavalheiro o cuidado de sepultá-lo em seu traje da felicidade? Zé, nádegas pousadas na lateral do bilhar, olhava Joseph amarrar o sapato. Violette não o deixava em paz, alisando um vinco com a palma da mão, tirando com a unha um pêlo deixado por Bertolt, puxando o cós franzido em V da calça alta sobre sua cintura. O tamanho certo! Caía perfeitamente!

— Veja, Zé, se eu estivesse com bagagem, teria me arrependido!

E a risada de Zé, binóculo sacudindo, soava finalmente, libertava-os do silêncio da noite, depois da partida de Bastien, do sono demasiado leve de ambos, um sobre o bilhar, o outro ao lado da Würlitzer, e da tentação mútua de acabar ali na hora um com o outro. Violette recuou para julgar o conjunto, tropeçou em uma viga e viu-se sentada. Sua risada e a de Joseph prolongavam a de Zé. Bertolt escapuliu para o teto da varanda.

— Mas fico um pouco constrangido... tudo isso são lembranças, é melhor eu lhe dar dinheiro para que me compre roupas novas.

Pegou seu casaco, sacou algumas cédulas. Zé deteve imediatamente a mão dele, certo da reação de Violette.

— De jeito nenhum! Eu ficaria envergonhada.

— Não falemos mais sobre isso. Se lhe dá prazer...

— Sim.

— Nesse caso... Então me empreste alguma coisa que seu marido usava no dia-a-dia, coisas menos... menos sagradas!

— Não tenho nada além disso.

— Ah! Então eu tinha razão: são lembranças íntimas! Você as preza particularmente!

— De forma alguma. O resto foi... digamos que dei de presente. Não quiseram a roupa de casamento. Guardei.

— O Exército da Salvação?

Silêncio. Violette e Zé olhavam para lugar nenhum. Será que lhe respondiam? Joseph ergueu as sobrancelhas, pegou um taco, deslizou entre eles, imóveis, e preparou uma tacada em uma tabela, de chapa na vermelha, a tabela do fundo, e eu volto sobre a branca. Zé disse:

— Ida.

A tacada não saiu, Joseph se reergueu. Eles, voltados para o porto, ele, para o armário de goela aberta e com o vestido de Ida de perfil, seus ombros roçando nos deles. Experimentava aquela mistura esquisita de necessidade de polidez e inclinação à maldade dos filhos de boa família. Talvez Ida...

— Ida se disfarçava de homem? Como a sra. Régnier?

— Vestia-se de homem — corrigiu Zé.

— Mas não era uma brincadeira? A sra. Régnier, por sua vez, a vestia de boneca!

Violette, de onde estava, devia ter a visão do porto, emoldurada pela janela, limitada ao pequeno quadrado de cais ainda deserto. A última praia de Ida.

— Será que pelo menos Ida sabia quando era uma brincadeira? E, ainda que passasse a vida assim, tinha meios de dizer não? Um dia de inventário, ano passado, ela chegou e

## MICHEL QUINT

começou sua bisbilhotice habitual. Eu ticava meus artigos, nada contente com a bagunça que ela promovia. Depois, não a vi mais. Tanto melhor! Subi ao apartamento: ela estava lá! Em frente ao espelho do salão. Todos os meus vestidos, minhas saias, minhas blusas, a lingerie, esparramados por toda a parte, ela tinha provado tudo! Evidentemente, era tudo de tamanho quatro vezes maior, então ela continuou a procurar. Os ternos, as camisas sociais, as gravatas estavam no armário do quartinho. Se vocês a vissem em seu príncipe-de-gales claro, completo! Ela fez uns ajustes com alfinetes de fralda e enfiou os cabelos num boné de verão, cinza-claro. Um rapaz franzino, belo como um gigolô de filmes antigos, pronto a correr atrás de uma dama. Tinha quase vontade de lhe colocar um cravo na lapela. Só que, por acaso, eu estava completamente arrasada. Não sei se ela percebeu a minha fossa. Mas na hora, pés descalços, veio me abraçar, e eu, estúpida, apoiada na porta, quase sem conseguir ficar de pé. Partiu assim, com seu vestidinho de algodão branco enlaçado como uma echarpe. Ele exalava um perfume de alfazema de fechar todas as persianas. Agora, aqui, ainda sinto o cheiro de alfazema.

    Entre eles, Joseph ajoelhou-se sobre a viga, cruzando a mesa verde com seu taco. O armário se esvaziava sozinho, os cartões-postais, os bonés velhos, os brinquedos ultrapassados escapavam. Apenas o capacete vermelho permanecia no lugar, na última prateleira. Parecia estar esperando.

## BILHAR INDISCRETO

— E depois?

— Ela voltou. E todos os ternos e coletes passaram a lhe pertencer. Definitivamente. Ela só recuava diante da roupa de casamento e dessas duas camisas de colarinho puído. As outras roupas continuam no quarto, dizer que sumiram da minha casa não é mentir, nada mais me pertence, e, ao abrir o pequeno cabideiro, não revejo mais o meu marido. São os ternos de Ida. Tudo do tamanho dela, as pregas do peito bem-ajustadas e as calças que ela alargava um pouco nas cadeiras, apenas desfazendo vincos. Ah, foram muitos os que não a reconheceram! Ela entrava, passava em frente ao balcão, subia para se vestir, descia, gravata impecável, a alpaca caindo-lhe atrás. Aquela pinta dela! Nas noites de recepção no barco do prefeito, ela destronava as *patronnesses* balzaquianas, mal pisava no convés! Oh, admirável rapaz! Elas estendiam as nádegas para o tango mundano. Em seguida ela tirava o boné, sacudia a cabeça, seus cabelos ceifavam a luz dos fanais, e então se davam conta, sussurravam-se desculpas confusas, e o mal-estar chegava, champanhe demais, mas querido, assédio ao primeiro que aparece, está pensando o quê! Os caras sucumbiam por sua vez, espantavam-se com aquela muda de olhar franco, o prefeito aparava as arestas, e Ida era expulsa com delicadeza, opa, a surpresa da noite, sem problemas, ela não é encantadora? O incidente era esquecido!

— Porque a toleravam nas recepções da alta-roda? Ora, por favor! — observou Joseph.

MICHEL QUINT

— Ela se convidava! Como impedi-la? E ainda por cima ela repetia o número nas recepções oferecidas por seus pais. E nas outras, em todas! E durante a tarde, os passeios pelo porto, as ocasiões em que eu não sabia se ela estava indo ou voltando porque passava pela portinha dos fundos, as noites de baile, ali, no verão, em torno do quiosque, quando ela enfiava rapidamente um terno, merda, não era minha filha, nem meu marido, ora! Não sou responsável, ela era assim! Seus pais consentiam. Mas vou lhes dizer, todos os seus retoques estapafúrdios, eu os consolidei eu mesma, eu mesma costurei! Agora, pode ser que ela estivesse brincando, pode ser...

Joseph inclinava-se, olho bem no prumo do taco, voltava a preparar sua tacada em uma tabela, fazendo escorregar a madeira no vão de seu polegar, tac, a vermelha, a tabela... Sua bola desviou sobre os rasgos do feltro, deslizou pelas tabelas puídas. Zé olhava por cima do ombro. Violette se balançava para trás e para a frente, mãos cruzadas entre os joelhos, continuando a olhar para o outro lado do porto. Bertolt acabava de saltitar no vão de uma janela, língua para fora. Procurava um fundo de cerveja, ressuscitável. E Joseph interrompeu a tacada, prestes porém a desferi-la:

— Talvez você é que estivesse brincando?

— E daí? Estava arriscando o quê? Tirando a trapaça, claro...

Joseph se reergueu, olhar sobre as três bolas agrupadas no meio do feltro.

— Justamente, eu só conheço trapaceiros!

## BILHAR INDISCRETO

E, com um sorriso desarmado:
— Entre eles, eu, de quem nada saberão!

●

— Só faltam a boina vermelha, e o cachecol combinando no pescoço! Você parece um duelista de justa provençal, igualzinho!

Primeiro Zé arrastara uma Violette de olhar contrariado, você tem que abrir a loja, avise-nos sobre qualquer novidade, servira um pires de cerveja a Bertolt e acabava de desembocar da escada com a bandeja do café da manhã, binóculo sempre batendo no peito. Joseph o esperava, braços para cima como um dançarino de flamengo, de pé no meio da última viga, as calças com detalhes em cetim trazidas por Violette bem apertadas na cintura, camisa branca aberta. Parecia efetivamente vestir a indumentária do justador provençal. Zé caminhou até o bilhar, onde depositou o café com torradas. Alguns moradores do armário morreram nesse momento, esmagados em sua caminhada para a luz, um pífio buquê de flores secas, uma lata de conchinhas com a vista de La Napoule, uma máscara de mergulho sem viseira. A geléia de marmelo tremia na compoteira. Era tão cedo que se ouviam os passageiros diários do *Aulis* pigarrear o seu primeiro cigarro, falando dos filhos e das promoções, aqui e ali no convés aberto. O tac-tac-tac dos barcos de pesca provenientes da baía e do alto-mar cobria algumas vezes essas vozes. Fazia frio e o calendário farfalhava com todas as suas folhas. Mas estava claro, dava para distinguir cada detalhe da paisagem e do cenário da sala e pressagiar um dia cristalino. Joseph pulou de viga em viga até o armário. Um movimento ágil para colocar o capacete de moto vermelho, voltou à pose anterior.

— Aqui está, minha boina vermelha. Já presenciou alguma justa?

E de repente, não se falavam mais de verdade. Os olhos, porém, fixos e duros, não se abandonavam. Deram o tempo de uma respiração.

— Antigamente, sim, das autênticas. Agora, fazem parte do folclore para turistas. O que está em jogo é apenas o espetáculo, a fina película da realidade. Fica-se com cara de imbecil ao cair na água ou então derrubam-se as moças e se permanece de pé! A eternidade em troca de um vinho de honra morna!

— E antes?

— Antes era o poder. O verdadeiro, aquele que se exibia. Ninguém se enganava quanto a isso, o sujeito que ficava de pé sobre o palanquim atrás da barca, na última justa, cavalgava o céu, caminhava sobre as águas. Deus usava uma boina vermelha, podia tudo. Grana, propriedades, alianças, partidos políticos, querelas de clãs e de famílias, testamentos, associações, sua voz falava mais alto que o direito estrito e os sentimentos. Acreditava-se nele. Era o homem que não conhecia a derrota.

## BILHAR INDISCRETO

Joseph desceu de sua viga, as alusões de Zé, as piscadelas, ok, registradas. Mas principalmente voltava-se ao essencial: o peso de Ida sobre todos eles, agora. Zé fedia a brutalidade. Joseph aboletou-se ao bilhar, já com dois cubos de açúcar na xícara:

— Ida tinha esse poder?

— Ida? Está brincando?

— Não. Sabe muito bem que não. Se alguém tinha essa cidade nas mãos, era Ida. A surda, a muda, a apaixonada pelo próprio corpo, a excluída da família, a sereia do cais, a menininha e a mulher, a que se vestia de homem, a vergonha da gente bem, o jardim noturno dos patifes. Todos vocês tinham medo dela, tenho certeza disso agora. Mas por quê? E a justa não era muito franca... É de quê, de damasco?

— De marmelo. Excelente contra caganeira. Está sendo sincero?

— Não trapaceio no bilhar. Quer mais alguma coisa?

— Nada. Tem razão. O café vai esfriar.

Com a sensação de apenas adiar um pouco o embate, comeram misturando os aromas, geléia, café, pão árabe, amargura marítima, umidade salgada dos telhados e da rua, alfazema da indumentária de Joseph, acidez adocicada das madeiras das vigas, além dos prisioneiros do armário. Na segunda torrada, Joseph parou de mastigar de repente, de boca cheia:

— Cutuquei a merda, hein? Será que eu não devia ter visto o assassinato de Ida? Ou então me calar? Não era o momento?

— Desde que espero por você, você não podia aparecer em pior momento. Mas eu sabia que você viria, que um cara entraria um dia pela porta da varanda, desdenharia o sol, me veria ao lado da Würlitzer e me pediria satisfação. Que eu nunca daria.

Zé segurava sua xícara branca com ambas as mãos, cotovelos na lateral do bilhar, o olhar azul cristalino na bruma branca de sua barba incipiente e seus cabelos desfeitos pelas correntes de ar. Sereno e de atalaia, perigoso: vamos ver o que você diz sobre isso. Joseph pegava sua xícara com o indicador, bebendo o café em pequenos sorvos ruidosos, suspirando ao frescor das janelas. Uma vela abria-se no porto e esticava uma estranha cortina, bem além das janelas. Zé mal mexia os olhos.

— O macaco do Mugo Naaba, hein? Seu butim de guerra. Você acha que vim recuperá-lo para herdeiros exilados, ou quitar a dívida de um sangue antigo. A justa do poder deu errado para eles também lá no Alto Volta?

— O que podia acontecer?

— Cabe a você me dizer, Zé. Só vim fazer aqui o que estou fazendo, o que estão me fazendo fazer, você e os outros. Nem messias nem vingador. E, depois, francamente, será que vou lhe contar? Quem sabe no último momento?

Zé pousou sua xícara e manteve por um instante a mão em cima, como se hesitasse em atirá-la na cabeça de Joseph, depois ajustou ostensivamente o binóculo sobre uma imagem de Joseph ridiculamente próxima:

— Entendi. Avise-me para que eu tenha tempo de olhar você de perto. Sejam quais forem seu nome, sua arma e seus patrões.

— Joseph, sem bagagem: foi você quem escolheu o meu nome. Escolherá também o momento...

Puxava a abertura de sua camisa de colarinho puído, a respiração repentinamente curta:

— ...E depois, ao chegar aqui, herdei, herdei de vocês. Uma cidade que matou Ida, ou que pelo menos é capaz de pretender sua morte, uma cidade onde se trata a beleza como uma verruga, uma cidade de comerciantes e lojistas, de terrenos e pedras, onde os bilhares são esquecidos... fico curioso para saber o que essa cidade vai fazer de mim!

Zé abaixou o binóculo. Disse com simplicidade:

— Matá-lo antes de ficar com vergonha. Tentar ir mais rápido que você. Deixar-lhe apenas esta pequenina chance...

Joseph também pousou sua xícara, bem calmamente, concentrando-se em recolher as migalhas em sua palma aberta, menos as que grudavam no feltro, nos fiapos de certos rasgos recentes, que espalhava com um safanão. De repente, no mesmo movimento brutal, agarrou um taco e deu um salto em cima da última viga diante das janelas, caricaturando o procedimento de um justador que se prepara para atacar.

— Então é agora! Façamos isso dentro das regras, com a cor local! Nas suas justas a gente fica assim?

— A lança bem apertada sob o braço. Mas atenção: o primeiro que cair na água perdeu!

— Você quer dizer morreu?

— Precisamente — respondeu Zé num suspiro. — E não precisa tirar o capacete...

Dois segundos depois estava diante de Joseph, com o mesmo equipamento, o taco solidamente grudado sob a axila. Do lado de fora, vistos enquadrados cada um por uma janela, as pessoas deviam se perguntar o que faziam ali de tão inútil e estúpido.

O choque surpreendeu a ambos, de tão violento. Não tinham escudo nem proteção, e a sola dos tacos deixava dolorosas estrelas azuis nas camisas e nas peles. Mas ambos se sustentavam, pernas firmes, recuando para melhor recuperar o apoio, voltando à carga, quando a madeira acertava o meio de um tórax ou atingia um ombro. Perdem-se equilíbrios, costurados com esquivas, dobra-se o joelho, desvia-se um golpe. E o vazio da janela é suficientemente amplo para que um corpo caia através dele.

Eram *ha*! e *mmm*! de dor, tremores nos bíceps e nas panturrilhas, e, embora Zé tivesse sido mais vigoroso, hesitou antes de visar os olhos e os dentes descobertos e cerrados de Joseph quando este vacilou depois de uma estocada no estômago. Cometeu então o erro de baixar a guarda e ficar à espera da queda do adversário, sem fazer uso da vantagem. Joseph aproveitou para jogar todo seu corpo sob o impulso da perna que

## BILHAR INDISCRETO

ainda mantinha contato com a viga. E para atingir Zé na garganta. Este primeiro largou o taco, numa espécie de câmera lenta, soltou os braços, oscilou em direção à janela, depois resolveu desmoronar entre duas vigas, de costas, esmagando fotos antigas espalhadas, como se lhe tivessem ceifado as pernas. Acima dele viu Joseph, mudo, taco na altura dos quadris, prestes a bater mais, a dar o golpe de misericórdia, e deu uma espécie de risadinha satisfeita. De modo que Joseph, surpreso, deixou cair o taco e pediu que repetisse o que gaguejava:

— Corra para me pescar: eu não sei nadar!

## 13

O capacete vermelho só deixava à vista, de seus cabelos, uma franjinha acobreada, que Zé quase chegava a temer arranhasse a testa de Joseph. Ao menor sorriso, ao menor gesto de benevolência, aquilo não podia deixar de acontecer. Desde que Zé se erguera de sua queda, ficando por muito tempo calado e pensativo antes de descer para o bar, Joseph não tinha abandonado aquela concha escarlate, como um escargot de opereta, e se concentrara em seguir as pegadas de Ida, correndo algumas vezes para consultar o mapa do calendário, outros vislumbres de memória também. Tentava juntar tudo. Os movimentos do *Aulis* faziam-no inevitavelmente consultar seu relógio, embora já tivesse decorado os horários e até mesmo certas silhuetas de mulheres, para quem escolhia acenar. Uma moreninha de cabelo encaracolado, em particular, dava uma paradinha, pela manhã e à noite, antes de embarcar ou desembarcar, e erguia os olhos para a tabuleta azul.

Em virtude do dia alto, o bojo da Würlitzer não conseguia iluminar a vidraça por baixo. Bertolt dormia ali, atrás do M. Sequer abanou as orelhas ao rumor dos passos de Zé subindo uma bandeja cheia e uma caixa inteira de cerveja, transportada em uma das mãos e que colocou na primeira viga. Em seguida, antes de dar outro passo, ergueu o binóculo. O mútuo acesso de cólera os havia esvaziado. Dos outros, nenhuma notícia. Começava a vigília das armas.

O armário, do qual agora se via o fundo, que era de pedra esbranquiçada com uns veios amarelos, espalhava-se em metásteses caóticas, invadia o recinto até a fachada, sorrateiramente. Quem diria que haveria tanta gente naquele inferno úmido? A boneca maneta tentava escalar uma viga no encalço de uma luva preta, uma barafunda de utensílios enferrujados embaralhava as mandíbulas sem conseguir se morder, cabos de freio com fios de aço retorcidos ameaçavam espetar, pregos e panos, talheres oxidados, copos descasados, uma garrafa esbeiçada, tacos rachados, empenados, cachecóis de lã e câmaras pneumáticas furadas, fotos e cartões-postais virgens que a corrente de ar revirava, varria, amontoava nos cantos de um terrível outono. Nenhum perfume da Arábia encobriria aqueles cheiros caso tivessem sido recolhidos pelos dedos de Zé ou Joseph. O vestido de Ida dilacerava-se a cada rajada contra a parede.

## BILHAR INDISCRETO

O tempo correu pelas sombras instáveis dos mastros. Através de seu binóculo, Zé via aproximar-se até ele, na água turva das lentes, um passado de objetos mutilados. Joseph permanecia sentado no quadrado ensolarado da janela esquerda. Começou uma refeição fria de salame de copa corso, azeitonas e pão árabe, meio esfarelado sobre a lateral do bilhar. Desajeitado, tropeçando, Zé ocupou o lugar em frente a ele, na área da outra janela, com aquela dificuldade que tinha de se acomodar. De Joseph, via apenas os olhos. Pode-se reconhecer alguém apenas pelos olhos?

Último bocado deglutido, Joseph falou. Sua vez de jogar. A regra, doravante, era clara. Zé se calaria enquanto Joseph não explicasse a razão de sua presença. Mentira ou não... Joseph falou... Ao longo de seu relato, batia com os sapatos na madeira. Estavam sobre a mesma viga e o céu estremecia sob seus fundilhos.

— Um motociclista. A noite inteira não largou o capacete. Um semelhante a este, talvez este mesmo. Foi visto empurrando sua máquina pela beira do cais, bem ali...

Seu olhar transpôs por um instante o parapeito da janela, voltou para o interior.

— Jovem, de jaqueta e jeans, com uma mochila amarrada nas costas e o pneu furado. O pára-lama era bizarro, redondo, niquelado, descendo quase até o chão. Parecia que estava empurrando para trás, que voltava sobre seus passos. Mas não. Era uma moto pequena com excesso de carga. Esqueci a marca. Ele achava que pegaria uma estrada depois do bar, mas sentiu o pneu vazio. Seguramente uma pedra pontiaguda do caminho da praia. Vinha daquelas bandas. A gente estava saindo do bar, daqui. Tínhamos comido e depois descido. É bem provável que tivéssemos alugado alguma coisa não longe da casa de Bastien, pensando bem agora! Já que usávamos a mesma escada... Café em frente à televisão, "A pista das estrelas", e depois voltávamos. Ei-lo que chega e pergunta ao meu pai onde pode mandar consertar. A essa hora, pena. A menos que o dono do bar! Que estupidez, não me lembro mais da cara dele. Será que já era você? Você diz que não, mas nos anos sessenta você já tinha chegado. Hein? O ano dos Jogos Olímpicos de Roma? Mugo Naaba, na época, já fora derrotado, não é?

O silêncio deles foi tamanho que o tempo se deteve antes de prosseguir seu caminho. A memória volta assim, basta não se mexer. Zé esperava.

— O dono dispôs-se a mandar esquentar uma coisinha para o rapaz, que tinha fome. Depois emprestaria algumas ferramentas e o cavalheiro poderia consertar à luz da varanda. Enquanto esperava, meu pai lhe ofereceu uma cerveja. Ou melhor, foi minha mãe quem insistiu para que ficássemos. Na verdade falava sozinha, o rapaz olhando com olhos de lobo. Não estava barbeado, e sua camisa, por baixo da jaqueta, enodoada no colarinho. Observaram-no comer e trocar seu pneu, mas era muito tarde e meus olhos estavam se fechando. Não, agora tenho certeza, não tinha mulher do dono, éramos apenas quatro ao todo, mais ele, que limpava as mãos cheias de graxa. Agradecia pela refeição, são muito gentis, e depois a dama, enfim o cavalheiro, obrigado pelo jantar, ele dizia, seu filho é uma gracinha, quer dizer, eu, e todas as delicadezas triviais. Perguntou se "La Marine" também funcionava como hotel. Não. Não há quartos. Pois estou dizendo, veja: ele dormiu no mesmo lugar que eu, sobre esse bilhar. E dez contra um que estou usando o capacete dele, não é mesmo?

Olhos nas lentes, Zé permanecia impassível. Aquele capacete estava ali antes dele, o armário também, e tudo o que havia dentro, podiam andar em cima, pisotear, estava se lixando, não eram seus pertences, suas lembranças, seus amores, e enquanto deixava as palavras saírem de um só jato, seu bigode ríspido arranhava o plástico do binóculo com um chiado irritante. Pois ele evitava olhar Joseph de frente, deixando as objetivas apontarem para o teto, como se baixam os olhos à confissão de um pecado. Por que Joseph cismava de manter justamente aquele capacete na cabeça?

— Uma impressão. Bastou colocá-lo para que aquela noite me viesse aos lábios. É preciso ver se o truque funciona, se é mágico. Não sinto mais o vento, o sol, pode me bater com o taco, mal vou piscar, compreende, aprisiono meu espírito numa cela, a sós consigo mesmo! Enclausuro-o. Escuto as vozes dele. Tudo ressoa lá dentro, remonta até minha infância, até a redenção... Então conheceu-se um cara de passagem. Um suburbano, um torneiro mecânico ou qualquer outra coisa. Estava

## MICHEL QUINT

chegando direto no litoral e, pam, morre. No bolso da jaqueta dele, um punhado de cartões-postais, como estes, de colegas, namoradas, ele queria verificar as mimosas, as alfazemas, os barcos, as meninas nas praias. Fazia piada. Eu, por minha vez, tinha esquecido de dormir. Meu pai erguia a caneca vazia e colocava outra, colarinho alto, com um esguicho. Minha mãe... Bem, minha mãe... Ela não parava de lhe fazer perguntas, depois viu você subir a escada do bilhar, aquele rapaz, com o capacete debaixo do braço. Boa-noite, foi tudo. Cinco minutos depois, eu estava na cama, entre as cigarras da colina e o clap-clap da água no cais. Voltava a pensar no sujeito: um torneirozinho mecânico de merda, com férias remuneradas. A mãe, viúva de um metalúrgico comunista, moto comprada a crédito, de ocasião, enfim, o que imaginamos previamente por imagens, palpável, prestes a ser tocado, com sua sujeira cascuda, seu sotaque parisiense, seu pneu furado, seu pequeno pecúlio, que ele exibia de propósito na hora da conta para que se apiedassem dele, e seus olhos de lobo. Você teria escutado horas a fio as histórias vazias que ele contava! Tarde da noite enfiei minhas alpargatas e desci até o porto. Meu pai roncava mais rápido que as cigarras. Na época, os pescadores preparavam suas redes naquela hora fresca do mundo liso, em que nada mais tem relevo. Você caminharia pelo fundo do mar com um sorriso nos lábios. Eles tinham barcos com uma espécie de uma grande caldeira na proa, que atraía o peixe com um projetor. Um troço proibido, não é? Sussurravam, acendendo cigarros de palha. Eu, por minha vez, plantei-me na frente destas janelas e, exatamente no lugar de onde olho para você agora, vi o rosto de minha mãe e seus ombros nus. Ela ria e usava o capacete do motociclista. Este capacete...

Zé apertava o binóculo, cerrava a viga entre suas coxas, a manga da camisa rulê estufada pelo bíceps. O sol, pelos vãos das janelas, empurrava a poeira deles, suas peles cinzentas e suas doenças em direção aos moradores em fuga do armário.

— No dia seguinte, ao servir a cerveja ao meu pai, você fingiu que nada tinha acontecido...

— Não era eu. Mas, caso admita que sim, você finalmente me dirá o que veio fazer? Vingar o chifrudo do seu pai? Recuperar o capacete das quimeras?

Joseph abriu um sorriso maroto, passou a palma da mão por cima do capacete, como se disciplinasse uma cabeleira.

— O acaso, Zé, estou aqui por acaso! Porque reencontrei minhas férias de criança. O que acha?

— Pesando tudo, acho que você está aqui para me matar. Que Mugo Naaba, ou um de seus filhos, ou uma de suas filhas, ou alguém que acredita que eu trouxe um tesouro comigo está lhe pagando para isso. Acho que você é realmente um assassino contratado, Joseph. Essa história de criança e de férias não passa de conversa fiada. Há mais de vinte anos espero você para retomar o meu assunto de onde o tinha abandonado.

Joseph ergueu-se suavemente, sem responder, um suspiro ostentoso, enfiou as mãos nos bolsos de sua calça com alamares de cetim. A camisa engomada ainda tinha os vincos marcados no quadrado das costas. Olhou para a floresta de mastros. Pensava exatamente nessa palavra, floresta, e no vaticínio contra Macbeth, que morreria quando as árvores caminhassem contra o seu castelo. E, de repente, deu uma cabeçada à direita. O capacete bateu num copo, que caiu. Os cacos deixaram sob o vidro um ou dois cartões-postais sépia onde se viam justadores provençais, empoleirados em palanquins, de boina e grande faixa de cerimônia, esvoaçante, visarem com a ponta protegida das lanças o coração dos escudos.

— E daí? Todos gostariam de parar o tempo. Ida tinha conseguido, talvez. E agora que ela não está mais aqui, todos vocês se sentem culpados de viver sem ela! Ou por tê-la deixado partir...

●

Agora sentiam escrúpulos em se mexer. Até mesmo jogar bilhar parecia-lhes um sacrilégio, já que o menor novo rasgo naquele feltro lastimável parecia capaz de gerar uma lenda diferente da deles e em cujas peripécias se vissem perdidos. Sabiam-se em delicado equilíbrio, prontos a se abraçar ou estrangular.

Só jogavam os pontos que convinha jogar, hesitavam falar em antigamente e naquele ano. Já Bertolt não tinha os mesmos escrúpulos, fungava, esticava a pata, derrubava sobre as velhas fotos canecas que Zé não levava mais e de que bebia a cerveja quente antes que o papel dos guardanapos o fizesse Depois pulava sobre o bilhar, cuja lateral começara ainda há pouco a dilacerar com pequenos golpes, recolhendo as garras logo após ter riscado o pano, ensimesmado com a indiferença de Zé e Joseph, quase aborrecido pela impunidade.

O desfecho da história de Ida, porém, só seria conhecido se continuassem a contá-la uns para os outros, mesmo que mentiras se somassem a mentiras. Nada mais frágil que uma palavra e, ao mesmo tempo, mais definitivo. Cada frase pronunciada fala ao lobo que habita o fundo de nossas florestas íntimas. Durante muito tempo, ninguém responde, acredita-se estar falando sozinho, a floresta mal estremece no horizonte. Até a hora em que o lobo estiver lá:

— Sabe quem bateu à porta falsa do castelo de Macbeth? Cujos apelos ele não ouviu a tempo? — perguntou subitamente Joseph.

Zé apontava seu binóculo para os mastros do porto:

— Não.

— Chapeuzinho Vermelho! Ou seja, eu!

— Imbecil!

E Zé batia nas coxas, hilariante: Joseph impassível, rígido em suas roupas bem passadas apontava com o dedo seu capacete vermelho. A piada conseguira tornar a atmosfera mais leve. Chegava-se ao ponto: Zé, percorrendo seus caminhos, saía do labirinto interior. Outras pessoas o acompanhariam. E Joseph sabia que talvez fizesse parte do cortejo. Acabavam de se conhecer. Finalmente. Zé, com a voz calma, voltava aos tempos da África. Faltava agora vir manquitolando de litoral a litoral até o momento presente:

— A primeira vez que a vi foi no hangar do aeroporto, em Uagadugu. Assim que a avistou, uma jovem negra vestida à européia, aguardando, panos bem apertados sobre a cabeça, olhar firme para a frente e um sorriso de fazer os cromos brilharem, Mugo Naaba recusou-se a sair de sua Mercedes. Aquela mulher era perigosa, se um dia se visse na presença dele, aconteceria uma desgraça. Bom. Fui pegar a encomenda do camembert e das caixas de champanhe, que desembarcavam de um avião vindo da França. Dava para escutar a Würlitzer por uma janela do bar. A mulher estava bebendo uma cerveja, como Mugo Naaba fazia toda terça-feira, um pé contra a parede do hangar, do lado da sombra. Dali, ele vigiava o carregamento no porta-malas do carro, brindava com o comandante do aeroporto, dizia "Pfff! Que calor!", e voltávamos para o palácio. Dessa vez, a operação desenrolou-se rapidamente, nem salamaleques, nem apertos de mão, nem cerveja, nem trâmites alfandegários, sequer tentei olhar para a mulher, tampouco virei a cabeça, nada. Fomos embora assim que o porta-malas do Mercedes se fechou. No banco traseiro, Mugo Naaba rasgava seu lenço com os dentes. Uma cólera sagrada que o deixava louco. Eu devia estar feliz por não ter sido fuzilado. O ministro da Derrota sofria uma severa. Você compreende, eu era responsável pela segurança. Todas as semanas, encontrávamos negociantes que vinham receber mercadoria, o pessoal de terra, todos os caras que eu conhecia, e ele talvez melhor que eu. Em caso de desgraça, se eles tivessem me ajudado, eu não sabia de nada. Mas Mugo Naaba via aquela garota como um ciclista italiano vê um gato preto na estrada, com a certeza de que o destino acaba de lhe piscar o olho. Quis saber por que e voltei ao aeroporto para fazer a burocracia da alfândega. Sozinho.

O binóculo voltara a cair sobre o peito de Zé. Pernas cruzadas, prendia com as duas mãos um joelho e se balançava em sua viga. O sol incidia sobre seu rosto e lhe ocorriam gestos tropicais para enxugar a testa ou verificar com o dorso da mão se estava bem barbeado.

— Mal tive tempo de parar o carro, e ela já deixava a sombra do hangar para vir ao meu encontro. Abaixei o vidro do lado do passageiro. E os outros cretinos que riam, bem protegidos lá embaixo, enquanto acabavam de liberar as caixas e registrar o que ia partir de volta para a França! Parecia que estavam a par! Aliás, estavam. Mas nenhum ocupava meu posto de ministro, era mais confortável. Veio me falar pela janela do carro. No final da pista, lá atrás, eu via os mecânicos checando no balcão e meus estúpidos contínuos observando o negócio. A Würlitzer tocava Sydney Bechet. Claro que ela sabia que eu voltaria e que tinham apostado em cima, dez contra um. Dez contra um, sim, minha cota não devia estar longe disso. Do cimento emanava uma bruma de calor desgraçada que fazia o corpo dela colear ainda mais. Olá, Tua Excelência, ela disse. Será que respondi? Em todo caso, ela entrou. Vamos. Ok, embiquei para Uagadugu, para o centro. Ela usava um vestido de verão com flores grandes, um pouco plissado na frente, entende, sem alça, estilo Hollywood, só o corpete colado no busto. Depois de um quilômetro, mandou parar. Obedeci. Aquela porra daquele Mercedes sem climatização, meu veículo de serviço! Até a alma suava ali dentro! E tenho a impressão de que ela contava com isso quando passou a me explicar a conduta de Mugo Naaba com sua família, toda retinha no banco. Quando terminou, minha alma tinha escorregado para dentro do decote dela, como uma nota de cem pilas amarrotada que jogamos para a moça do banheiro. Aniquilado, esvaziado, eu queria o que ela queria, e dane-se o resto!

Joseph tinha tirado o capacete vermelho e o fazia girar entre as mãos, nele vendo a sala toda refletida, deformada pela convexidade do espelho escarlate:

— Ela propôs a você um golpe de Estado. Assassinava-se Mugo Naaba com sua cumplicidade, ou então você se encarregava disso e um outro tomava o poder. Você aceitou, tentou talvez, mas o negócio falhou ou você se acovardou. Foi aí que fugiu com um tesouro de guerra que não lhe pertencia. Além do mais, estava se cagando de medo, verdade?

— Medo? É justamente o contrário: vamos saldar as contas! — respondeu Zé, subitamente de pé.

E, com um gesto rápido, pegou o paletó de Joseph no prego do calendário. De pé entre duas vigas, tirou dos bolsos os maços

dobrados, cédulas a granel, que caíram no meio da barafunda como se tivessem derrubado um jogo de Monopólio:
— E isso? De onde vem isso? Ninguém está perseguindo você?
Joseph apenas sorriu, um sorriso inacabado. Zé amassava as notas:
— Ou então você está sendo pago adiantado! Eu, não, eu não tinha tocado no tutu. Só que a garota tinha pegado minha mão e a colocado sobre sua coxa: quando tudo estivesse acabado, eu teria o direito de desabotoar seu vestido. Em seguida nos encontramos várias vezes no bar do aeroporto, ao lado da Würlitzer, essa mesma. Era a filha primogênita de Mugo Naaba. Eu já era ministro da Derrota de um cara que partia para a guerra toda sexta-feira, o que tinha a perder freqüentando uma mulher fatal?
Joseph continuava sorrindo, descabelado, curioso dândi anacrônico e mal barbeado. Antes de responder, levantou o capacete com as duas mãos e novamente coroou-se, lentamente, quase com prazer, soberano bonachão e burlesco:
— A vida?
Zé voltou a se sentar, de costas para a janela, com as mãos ainda abarrotadas de dinheiro:
— Pelo que ela valia! A cada jogo de bilhar trapaceado, cada ida simulada para a guerra, eu a colocava sobre o feltro e Mugo Naaba não arriscava nada. Então, por uma vez estávamos equiparando as apostas.

— Você também trapaceava um pouco, não é?

— Mais trapaceiro que ele não existia! Nem mais poltrão. Quanto mais você se aproximava dele, mais era seu inimigo, mais tinha medo de você. As outras tribos, ele as domesticava com seu carnaval de sexta-feira, e depois verificava minha submissão no bilhar. Alguns guardas, um pequeno rebanho de criados incessantemente ameaçados... não tolerava mais ninguém no séquito dele. E, sobretudo, nada de filhos. Porque, segundo o costume, uma tradição ancestral, o filho matava o pai para lhe tomar o poder. Ao mesmo tempo, por medo oficial, todos os sucessivos Mugo Naaba afastavam sua prole do palácio, ainda que os pirralhos fossem totalmente inofensivos. Eram colocados para morar num bairro de Uagadugu. As crianças só apareciam depois da morte natural dele, com um ritual preciso, uma comédia ensaiada tintim por tintim, como a ida para a guerra das sextas. A primogênita vinha até o umbral da câmara mortuária, vestida de homem, e reclamava o trono. Os chefes das tribos consultavam-se, claro que fingiam... Surgia nesse instante o príncipe herdeiro, que despojava a irmã de suas roupas revelando a todos o sexo dela. Evidentemente, fora de questão coroar uma mulher, a usurpadora era novamente expulsa, e o príncipe aclamado Mugo Naaba. Até a morte... Ora, o meu Mugo Naaba, que esperara por muito tempo o falecimento do pai, estava convencido de que seu filho não teria a mesma paciência. E morria de terror! Então, seus filhos, sequer sei quantos ele tinha, eram pura e simplesmente abandonados e confiados a matutos que os educavam na ignorância, como súditos leais. Só que um dos chefes das pequenas tribos falou, revelou ao primogênito sua verdadeira identidade e lhe enfiou na cabeça um golpe de Estado. Porém, para fazer as coisas dentro da tradição, tomar o poder dentro das regras, ele precisava da irmã. Encontrou-a e a convenceu a ajudá-lo...

Joseph ajustou a queixeira do capacete:

— Exceto que ela queria o poder tanto quanto ele! E você era a idéia dela... Você devia matar o irmão dela depois do assassinato de Mugo Naaba. Assim, ela ficava sozinha. Estou enganado?

Zé olhou por um instante para o dinheiro em suas mãos:

— Não.

— Se mataram Ida, é porque também ela detinha um poder.

— Qual?

— O do ministro da Derrota, o de ficar de pé depois da justa assassina!

## 14

O fim. Ninguém desconfiava daquilo. Nem Zé, nem Joseph. O que restava a dizer tinha toda a aparência de um codicilo. Mas não se havia jurado que dali não podia sair um desfecho feliz. A coisa simplesmente não era para sair daquele jeito. Os rasgos do feltro, a caverna do armário escancarada para um mundo vazio, sem sombras, as cédulas de dinheiro pisoteadas no chão, o calendário fora do prego: o tempo não tinha a aparência de nada que valesse a pena. As bolas sequer estavam mais sobre o bilhar e os tacos estavam jogados nos cantos das vigas.

Joseph não tirava mais o capacete, Zé usava o reflexo protetor de seu binóculo nos olhos, no caso de deparar com o olhar de Joseph.

Violette passara ainda agora, cabelos em desordem, maquiagem de estrela, tentadora, reconciliadora, vindo se esfregar em um e outro, um beijinho apoiado aqui, uma mão trêmula na

## MICHEL QUINT

nuca ali, e te pego pelos ombros, me ajoelho para você, sua mão, mostre-me sua mão, você está arranhado, espera que eu vou chupar a ferida, saliva, nada melhor, e se eu botasse uma comidinha no fogo, hein?, que sintam de verdade que é de coração, que sob seu vestido em crepe-da-china cor de mel, ela não vestia nada, bastava um botão, Zé ou Joseph, ela os amava a ambos, precisava parar de falar, de Ida e do resto, sentir-se mal, trepar, merda, arrepiar os cabelos sob as carícias, gozar, ali, sobre o bilhar, e depois descer, encher a Würlitzer de música e dançar, ficar bêbada, e Bertolt também!

Tudo isso, claro, sem dizê-lo expressamente. Convinha compreender, por sua aparência e emoção, que não queria ficar sozinha e que aqueles dois iam se matar. Ela sentia isso e via os vestígios do duelo entre eles. Queria que sobrasse pelo menos um! Não podiam abandoná-la, não podiam!

Não tinham respondido, sujos, barba por fazer, fedendo e respirando a madressilva a cada vez que montavam numa viga, a cada descoberta de um canto de coxa bronzeada, de um seio arfante no vestidinho de decote profundo. Chegavam a baixar os olhos, fingindo-se distraídos, não olhando para mais nada, esperando que ela tivesse ido. Tinham coisas a se falar ainda, mas não na presença dela. Nada, exceto eles. Ela compreendeu, antes de estragar o seu mais belo número. Prestes a descer a escada, voltou-se, mãos na cintura:

— Vocês não conseguirão ressuscitar Ida. E eu, para salvá-los, não disponho de outras armas a não ser as dela!

## BILHAR INDISCRETO

Um instante de imobilidade, e pronto! Quando afastou os braços, tinha o vestido aberto e, por trás da última viga, via-se seu corpo até os joelhos, já bronzeado, salvo o delgado fio da calcinha, belo de antigos abraços, quadris fartos, seios caídos, ventre graciosamente abaulado acima do emaranhado de pêlos escuros, e o esquisito sorriso quadrado de quem abandona o jogo, olhos baixos. Muda.

De quanto tempo ficou assim, uma aba de vestido em cada mão, como se quisesse agarrar as últimas borboletas cor-de-rosa do poente com o mel de seu crepe-da-china, comparando-se à lembrança de uma garota desaparecida — não deve ter tido consciência, nem eles. Zé, aliás sem impaciência e apenas com um movimento dos dedos, fez-lhe sinal para se escafeder. Se manda! Ela ocultava o vestido de Ida alfinetado no armário. Joseph aprovou Zé com um trejeito dos lábios. Violette chorava e sua máscara sabia encontrar as finas rugas invisíveis para rir sobre seu rosto. Os braços caíram e ela devorou a escada com aquela teia de aranha úmida sobre o rosto, torcendo os tornozelos a praticamente cada degrau.

Se Joseph e Zé tivessem se dirigido para suas janelas, teriam-na visto tentando correr ao longo do cais. Seu vestido ainda aberto voava alto sobre suas nádegas nuas para o prazer de ninguém, pois o porto estava deserto. Em vez disso, ergueram-se e arrumaram com delicadezas de rendeira os miseráveis andrajos alfinetados cuja bainha continham-se para não beijar. Zé não ia abandonar Joseph nem aquele recinto de onde não saíra

MICHEL QUINT

desde manhã. Tudo o que haviam comido e bebido datava de muito tempo. Tacitamente, jejuavam.

Chef, Samson e Bastien tinham tomado sozinhos o aperitivo no balcão, por volta das dezenove horas, sem implicarem um com o outro como de hábito, manifestamente preocupados. Podiam ser ouvidos lá de cima, resmungando. Zé sequer descera para lhes perguntar em que ponto estavam. Sabia agora tão bem quanto eles.

Agora ficariam juntos até o fim. Acenderam as lâmpadas e se sentaram, lado a lado, cotovelos roçando, calmos, diante do armário. Violette estava fora do mundo deles, os outros também. Só havia Ida. Calaram-se até que vissem nitidamente as sombras de luz verde sobre suas mãos.

— Como terminou sua última estada na guerra no país de Mugo Naaba?

— O que acha? Com uma derrota!

— Conte!

— Não, a sua antes! A de um cara sem nome, sem endereço, sem identidade, de um amnésico fingido que procura o fim do mundo...

— E que se vê, uma vez instalado para além das muralhas do universo, em pleno Olimpo, onde já esteve antes, como lhe disse.

— O Olimpo? Puxa! Quanto humanismo! Coisa rara num assassino profissional!

— Assassino profissional! Você insiste! No fundo... A palavra é bem bonita, respeitável, dá vontade de colocar numa placa. Mas você também conheceu o humanismo! Aliás, pode acreditar no que quiser, quero que se dane...
Houve um novo silêncio. Sentiam Ida se impacientar. Como soldados desorientados maldisfarçados, que não percebem o que os trai, um escondia-se por trás do binóculo, o outro escutava o capacete reverberar. A voz escura de Joseph, aquela maneira insólita de detalhar a frase em tempos musicais, não encobria completamente o que transbordava do porto pelas janelas, choques de cascos, vibrações de vergas e assobios de cigarras insolentes:
— Depois da aventura do motociclista, as coisas foram de mal a pior. Primeiro, as medalhas nos Jogos Olímpicos que a gente não conseguia faturar: meu pai perdia toda a grana possível apostando com fregueses do bar, que o depenavam. Não enfiávamos mais os pés na praia, levantávamos tarde, a sesta, as corridas de atletismo. Não devemos perder a eurovisão. Embaixo, no bar, minha mãe falava de motociclismo com quem se dispusesse a lhe explicar, sobretudo o patrão. Uma paixão súbita... De acordo, não era você nos anos sessenta, já reparei... Tanto faz, não deixaria de fazer sentido... Eu me arrastava pelo porto, acompanhava as partidas de bocha em frente ao quiosque de música, ou mais adiante, atrás da prefeitura, não sei mais. Ia para lá sozinho, para a praia, por esse caminho ermo, ardendo através das minhas alpargatas. Quando ficava de saco cheio, vinha ler no porto, ou então pescava, ou então

MICHEL QUINT

ficava vendo televisão, ou então dormia lá em cima, na casa alugada não longe da de Bastien. E à noite eu não tinha mais sono algum, exceto de manhãzinha quando via os barcos partirem, quando me sentava, deitava no meio das ruas, entrava nos jardins, acariciava os vira-latas e dirigia sem sair do lugar carros que as pessoas esqueciam de trancar! Deus, como o tempo estava bonito aquele ano! E quente neste bar, onde acabamos morando e comendo, ao meio-dia e à noite! Até o café da manhã a gente vinha tomar aqui! O motociclista não foi mais visto e nada deixara, salvo talvez o capacete. Minha mãe falava o tempo todo sobre ele... À noite, depois do resumo das provas do dia, meus pais davam um breve passeio pelo cais, observando as pessoas nos barcos. Meu pai esbravejava contra elas pelo dinheiro que perdera nas apostas, aqueles patifes que não sabiam o que fazer com ele, e você sabe quanto vale uma casca de noz dessas? Minha mãe voltava-se ao menor peido de mobilete, ao menor brrrr de Solex asmática procurava por um capacete vermelho. Depois entrávamos.

"Mais tarde, eu saía de novo. Eles ficavam dormindo. Menos uma vez. Eu estava do outro lado do porto. Era uma, duas horas da madrugada. O bar estava completamente apagado, e o porto também, exceto os postes de luz. Do outro cais, quase do canto oposto, no fundo, através das mastreações serenas, eu os vi. Não tinha completamente me dado conta do incidente da tarde. Meu pai apostara na vitória de Jazy nos mil e quinhentos metros. Derrotado por Elliott. Aquilo não o deixara de bom humor. E as cervejas que ele descera para a frente da tela! Quando se levantou, em direção ao aperitivo, quando disse vamos embora, esta noite não vamos comer neste pé-sujo, a gente deixa muito dinheiro por aqui, minha mãe não estava mais ali. Ele não teve que procurar muito, pois ela chegou logo depois, pela escada. Esta, ora, qual mais poderia ser? Seu batom estava um pouco atravessado, e ela levou uma bofetada como nunca levara antes: você vinha nos calcanhares dela... enfim, o patrão da época. Ele ensinou bilhar a ela. É verdade, ora, ela deveria arranjar uma ocupação! Não havia nada de mal nisso!

"Fomos para casa esvaziar o acúmulo de equívocos, beliscar alguma coisa, frio. Fui embora logo que se trancaram no quarto deles. À meia-noite, no cais, eram eles. Davam três passos, de costas um para o outro, abriam os braços, erguiam-nos, aproximavam-se, afastavam-se de novo, embolavam-se. Eu ouvia passos, mas se tivesse gritado eles não conseguiriam me distinguir. Longe demais. Mas eram eles. Em determinado momento, vi meu pai pegar minha mãe pelos braços e a empurrar, para trás, até a beira do cais. Corri ao redor do porto, para chegar a tempo, mas eles já não estavam mais lá. Depois voltei para casa. Silêncio em toda parte. Só havia um vestido que secava, gotejante, pendurado na saída de água do chuveiro. Um vestido branco. No dia seguinte, nós três voltamos para nossa casa, lá em cima.

— Onde fica lá em cima?

— Que pergunta! No nosso Olimpo para assassinos!

## 15

Voltava-se o marcador para o zero. Estava tudo dito, ou quase. Não seria aquilo apenas uma maneira de ver o jogo? O que estava lhes acontecendo de sórdido? Que tentavam esconder até terem o estômago revirado, até enlanguescerem, até se recobrarem? A palavra. Fingia-se encobrir o inevitável. Tudo não passava do cotidiano. Mas as palavras eram as palavras, e aquelas que haviam adejado voltavam a se apresentar ali, alertas andorinhas do crepúsculo. Ainda falariam de Ida e de todos aqueles cujos passos eram ouvidos nos degraus. Falariam ainda da gente? Será que alguém escutaria? Naturalmente. Como fazer diferente agora? Tentem então evitar o crepúsculo.

Zé e Joseph o esperaram em silêncio, cada um em uma janela, deixando Bertolt agravar com suas garras os rasgos do feltro. As bolas haviam se juntado ao pequeno povo do armário, e, cada vez que eles mexiam um pé, cédulas de dinheiro crepitavam sob suas solas. Os outros, Chef e companhia, tinham deixado o dia correr, tomando o aperitivo sozinhos, sussurrando. Foram embora, voltaram, sem levantarem a cabeça, depois subiram, timidamente, meio rabugentos também, instalaram-se no meio da bagunça, ouviram o julgamento da sibila, ficaram sabendo do desfecho do bilhar. Comprimiam-se no umbigo do mundo e exigiam notícias da pítia desaparecida. Muda agora, mais que nunca.

Samson foi o primeiro a chegar. Vestia o uniforme completo do representante comercial, calça azul-marinho, mocassim cafona e paletó claro sobre camisa social com monograma. A cada passada, ia atropelando a tralha, esmagando-a em suas trincheiras entre as vigas, pisoteando buquês de alfazema, desarticulando um tentáculo. Andava-se sobre antigamente. Estendeu a um Joseph de capacete não muito reluzente sua chave de ignição.

— Está dando partida: o *Aulis* trouxe a peça, cinco minutos para montá-la, uma pequena regulagem. Você deve ter ouvido o motor. Agora pode ir embora. Se quiser.

— É possível. Agora é possível que eu vá embora. De toda forma, obrigado.

— Devo lhe dizer honestamente: você não me deixou a segunda chave, a das portas, então fui obrigado a arrombar o porta-malas. A pedido de Chef.

— E encontrou minha bagagem?

## BILHAR INDISCRETO

— Você não tinha bagagem, sabe muito bem. A não ser isso, desmontado, bem escondido no lugar do macaco.

E Samson tirou da sombra da escada um fuzil com alça de mira que depositou atravessado sobre o bilhar.

— Com isso a gente dá tacadas com o fogo de Deus! A partida é ganha rapidamente!

Joseph embolsou sua chave:

— Não esteja tão certo! Zé, o que acha disso?

E sentou-se entre as duas janelas, mãos pendentes nos joelhos, repelindo com os pés as notas que voavam como prospectos de empresas antigas, o último botão da calça aberto, a camisa deformada. Bertolt veio se aninhar contra sua coxa, bebum, pupila dilatada. Zé foi sentar defronte, do outro lado do bilhar, enquadrado pelos puxadores do armário, taco atravessado por trás da perna, na dobra da perna. Uma tachinha cedera e o vestido de Ida debruçava um indecente decote por cima do ombro dele. Levantou ambos no instante em que Bastien chegava, boné caído na testa, e Violette, no vestido preto do primeiro dia, salto alto, delicada com as ciladas do armário, a alça do vestido frouxa e o busto oferecido, mas sem toques. Sua boca ainda tremia pela indiferença dos dois homens ainda há pouco. Chef veio por último, com dificuldade, o moletom em desordem, sobre os calcanhares. Notícias, tinha? E como!

A arma exposta no tapete não escapou a ninguém. Sobretudo a Chef, que sabia antes de chegar. Todos mantinham os olhos fixos sobre ela. Finalmente, recuperaram-se, a coisa ficou normal, embora perigosa. Os cotovelos dos cidadãos se esbarravam. Zé considerava apenas Joseph, não o fuzil. Patife, patife, aqueles dias de sol, se isso existe, eu os devo a você! Por que me concederam esse sursis de vinte anos e a você estes poucos dias suplementares?

Joseph olhou para eles alinhados diante de si e disse, como uma sentença:

— Uma vez que não matei Ida, que o quinto cliente nunca chegou, foram vocês que a executaram!

E, com um sorriso:

— Vejam bem, quando eu não estiver mais aqui, vocês poderão dizer o contrário. O pecado recairá sobre mim, qual a importância?

Chef projetou o queixo, olhos apertados, mãos nas coxas, cotovelos para fora, como um lutador de sumô amador:

— O pecado! Você tem cada uma! Em primeiro lugar, quem é "vocês"? Eu prossegui a investigação! E nós somos apenas nós aqui presentes! A mãe Régnier: está viajando, sozinha. Embarcou em Nice. Em contrapartida, consegui encontrar a tia de Ida. Mas quem diz que elas não estão no golpe, a distância? Último ponto: com o número do motor do seu carro e o registro falso, avancei bastante. E estou pronto a lhe confessar!

— E aí?

— Aí seu carro foi vendido a um aposentado parisiense há dois, anos, reapareceu nas Bouches-du-Rhône mês passado, comprado por um soldador de Saint-Antoine, na entrada de Marselha, que o pôs à venda. Ora, ele foi roubado na véspera de sua chegada aqui. Você quer saber em que ferro-velho está apodrecendo o veículo acidentado do qual você roubou a placa e os documentos? O de Saint-Antoine, claro. Apenas a quinhentos metros do lugar do roubo! Conclusão?

— Só um imbecil como você para roubar um carro quando está com os bolsos cheios da grana e pode alugar um!

— E tão louco para fazê-lo enguiçar de propósito!

Era Samson resmungão, com um pequeno tapinha de ombro cúmplice em Chef. As rugas de Bastien apertavam-se sob o seu boné puído, Violette tremia, um olho encoberto pelos volumosos cabelos. Antes que Joseph fosse capaz de responder, a voz, cansada, de Zé os surpreendeu:

— Um álibi, esse enguiço. Para justificar sua instalação aqui por uma noite, uma única. A partir daí fiquei sabendo, e naquela noite peguei a chave do porta-malas dele. O mandante colocou esse carro à disposição dele. Ele devia abandoná-lo no cais com o fuzil uma vez o trabalho efetuado, o contrato cumprido, e partir no *Aulis*, tranqüilamente. Todos os falsos documentos estavam em ordem, sua habilitação também, até que ele os jogasse no porto ou na lata de lixo: nenhuma pista de investigação possível! Tudo estava previsto, mas ele não obedeceu até o final. Não é verdade, Joseph?

— E por que não segui esse programa?

— Porque alguém assassinou Ida na sua presença — interveio Chef, revigorado.

E, de repente, consciente do silêncio, de ter interrompido Zé, que fazia um gesto de lassidão, acrescentou:

— Então você tem razão ao dizer que não é o culpado. Mas tampouco somos nós!

— Admitamos. Mas quem então teria pagado para eu matar uma garota retardada e quem teria feito o serviço em meu lugar? Meu patrão ou alguém estranho?

Violette permaneceu de lado, deixando-se ficar contra a parede:

— O pai dela.

Quando continuou a falar com sua voz de cantora de jazz, os outros baixaram os olhos. Sabiam o que ela ia dizer, e, uma vez aquilo dito, não seriam mais senhores de nada. Já não o eram mais. A justiça devia ser feita. O fuzil continuava no meio do bilhar, apontado para a senhorita do calendário. Os moradores do armário, esgotados, não tentavam mais alcançar as janelas. Zé ergueu o binóculo e mirou Joseph sob seu capacete. Violette levantava sua manga que escorregava, encontrando, para finalmente desencavar os subterrâneos, finalmente abrir as caixas de segredos, o tom monótono, recitativo, de um ato cartorial:

— O negócio dos terrenos, tudo gira em torno disso. Para o novo complexo portuário, o prefeito precisa dos terrenos da sra. Régnier e dos da farmacêutica. E ambas recusavam-se a

## BILHAR INDISCRETO

vender e não podiam ser expropriadas antes de muito tempo. Compreende agora? Porque o farmacêutico, o colega do prefeito, não é nada, sequer farmacêutico. É apenas um marido que ela adquiriu, com contrato de separação de bens. Sem a esposa, ele não pode manter a farmácia, e ela está condenada a uma breve existência. Câncer. Todo mundo aqui sabe disso. Engraçado, não, um lugar onde as mulheres têm tanto poder? Para tipos como o farmacêutico ou o prefeito, isso é insuportável, mas eles não podem nada, absolutamente nada! Ora, Ida era a mais poderosa: se a mãe dela morresse, herdaria propriedades. O que é constrangedor, uma vez que ela não está privada de seus direitos civis e que o farmacêutico não poderá forçá-la a nada. Além disso, a sra. Régnier também designou Ida como sua herdeira universal. Em primeiro lugar, essa era uma história que significava um golpe para o farmacêutico: com o tempo, ele esperava convencer todo mundo. Com a mulher morta, porém, o pai de Ida não era mais ninguém, nem farmacêutico nem proprietário de terras, e não tinha esperança alguma de se associar ao projeto do prefeito sem o dinheiro dos terrenos. E Ida tornava-se tudo! Ao contrário, com Ida morta, acabavam-se os obstáculos: ele herdava os terrenos de sua mulher e havia grandes chances de que a sra. Régnier abandonasse o jogo quando regressasse. Porém, uma catástrofe: a farmacêutica morreu cedo demais, no hospital de La Timone, três dias depois de sua instalação aqui. As coisas se tornavam urgentes: ele sabia que era uma questão de poucas horas. Eis por que anteriormente mandara assassinar Ida e acabou assassinando-a ele mesmo no pânico de agir rápido. Ele não podia esperar você e não estava ciente da sua presença. Algum tempo depois ele tornou-se o primeiro suspeito. Mas então, quase ao mesmo tempo, quem teria suspeitado da trama? Era o destino, nada mais! Ida era oficialmente ladra, tarada, ninfomaníaca, perturbada. Sua morte era uma desgraça previsível que caía bem, na hora certa: ele herdava metade dos bens, apesar de tudo, e comprava o resto da tia. É ele o quinto cliente. E se ele não veio encontrá-lo, é porque ficou com a pulga atrás da orelha quando fui saber notícias de Ida, e Chef também: ele compreendeu quem você era e que nada tinha a temer! Mas se você não tivesse vindo, teríamos todos testemunhado pela inocência dele. Agora, já lhe contamos a história de Ida, e mais não podemos. O projeto do prefeito, as conspirações, que se danem, mas Ida, Ida! Caso contrário, também seremos patifes, cúmplices. Eis a história toda.

— Mas e a tia? — perguntou Joseph.

— Acabei de encontrá-la no hospital, logo em seguida à cremação da irmã — disparou Chef. — Tinha cancelado a viagem que efetivamente devia fazer com Ida, em combinação com a irmã quando esta lhe telefonou dizendo que ia ser hospitalizada. Isto, na véspera do dia em que você chegou. O farmacêutico podia fingir não estar sabendo. Ele fechou a loja cedo, na tarde em que você enguiçou, e acompanhou a esposa a Marselha. Ao retornar, matou Ida. Mais tarde, podia simu-

## BILHAR INDISCRETO

lar que acreditara que a filha tinha viajado, como combinado, durante a ausência dele.

— Isso só prova uma coisa: ele não pôde me fazer vir para matá-la, uma vez que, até o último instante, acreditava que ela estava de partida, como você mesmo disse! E executar o serviço ele próprio, quando sua mulher já estava moribunda, não! Ele não é o quinto cliente, aquele que não veio: porque ele está entre vocês! Até mesmo Violette, a quem eu podia ter tomado por um homem, nas roupas recicladas do finado cavalheiro!

— E por quê, e justamente naquela noite?

— Violette já disse: Ida ia assumir um poder exorbitante aqui. Vocês, não. Vocês teriam continuado a ser nada. Ela e a sra. Régnier os teriam à mercê: uma muda e uma biruta sem filhos! Então aquela noite, sim, foi um acaso também: vocês tinham muito pouco tempo antes da morte da farmacêutica! Agora vocês têm que se livrar do farmacêutico se não quiserem que ele os acuse, ou algum de seus amigos entre os palhaços daqui!

Joseph balançava sua cabeça couraçada, pesadamente, como um urso ou um grande símio ferido. Olhava apenas para Zé, ainda calado, que, largando o binóculo, deu dois passos, montou em uma viga e pôs o bilhar contra a lateral do corpo, músculos retesados, escorando-se no acaju. O fuzil caiu sobre os joelhos de Bastien, depois no chão. Violette o recolheu. Embaixo da mesa, ali onde a base da mesa se apoiava na viga do meio, havia um esconderijo. Zé o abriu, e diamantes brutos, dois bons punhados, renasceram como estrelas novas, confiscadas de antigas noites, em meio aos trastes do armário. Todos arregalaram olhos e caras de peixe empalhado.

— Foi por isso que você veio, hein, não por Ida? O tesouro de Mugo Naaba? Os herdeiros dele me descobriram, contrataram você para recuperar isso. E você teve escrúpulos idiotas porque achou que em outros tempos a gente talvez tivesse se visto por aqui, na época dos seus pais. Você se comoveu, quis oferecer uma recreação, rememorar as antigas derrotas. Os assassinos mercenários nunca deveriam ter filhos. Cretino! Pegue-as, pegue as pedras, o fuzil junto, e mate-me se quiser! Você sabe, meu castigo, há mais de vinte anos...

Joseph continuava a balançar o capacete, deu um passo à frente, mão esticada, em seus trajes de casamento obsoleto, sem que se soubesse muito bem o que ia fazer ou dizer, e o disparo derrubou-o perto da janela. Bertolt fugiu como um raio. Em pleno peitilho da camisa nupcial desabrochava o primeiro cravo vermelho já florido ali, talvez. Violette mantinha o dedo no gatilho, completamente aparvalhada. Os outros levantavam-se, abriam os braços, estúpidos e hesitantes.

Zé saltitava, sentava-se sobre a viga, colocava a cabeça de Joseph sobre seus joelhos, sussurrava aos grandes olhos abertos sob a viseira do capacete:

— Seu nome, menino, pelo menos me diga seu nome! Não me lembro mais daquele verão, quando você era pequeno!

## BILHAR INDISCRETO

Mas o sol vermelho rolou por trás da colina e os olhos de Joseph ficaram brancos. Então Zé pegou de novo seu binóculo e, olhando para o cais em frente, terminou sua história. A meia-voz, apenas para Joseph escutar.

●

Era uma outra noite, longe, longe, uma noite verde de palmas penduradas na janela e chuva insistente e luzes baixas sobre o feltro esverdeado de um bilhar. Uma mulher negra choramingava ao lado de Zé, arranhava-lhe o ombro com uma carícia assustada, a madeira do taco não deslizava bem entre seus dedos lânguidos, e o homem negro, estendido, torso nu na mesma mesa, esgotado e aterrorizado, calava-se a despeito das bolas que vinham, depois de duas tabelas, carambolar sua cabeça ainda tomada pelos sonhos da mulher. Suas pupilas brilhavam. Bom, tratava-se do universo e do que fariam com ele.

Depois a mulher pegara o taco e batera, sim, sim, e as três bolas ficaram vermelhas. Era a filha de Mugo Naaba, de quem usurpava o uniforme, grande demais para ela, a irmã do homem cujo sangue arroxeava o feltro, homem que deveria ter sucedido seu pai depois da paródia do retorno do filho banido. A mulher seria apresentada, segundo o ritual, vestida com as roupas do pai, implausível Mugo Naaba fêmea, diante dos restos mortais do potentado, pediria para ser reconhecida como sua herdeira, e depois o homem, o filho, surgiria e a despojaria de cada um de seus atributos masculinos até desfazer seus cabelos e ser reconhecido como o novo Mugo Naaba. Mas nada se passara assim, e Zé sofrera sua primeira derrota.

Zé, por sua vez, assistira ao atentado frustrado da manhã, no momento da ida hebdomadária para a guerra, e atravessara e empalara com o sabre do monarca um infeliz que ousara brandir um punhal em lugar de oferecer os tradicionais presentes de boa vontade. O plano deles era simples: tinham em primeiro lugar escolhido o cúmplice, o assassino do punhal, numa pequena tribo minoritária por ele representada nas comédias das sextas-feiras. Depois, durante seis meses, esperaram que Mugo Naaba declarasse sua falsa guerra a essa tribo. O assassino devia ser recompensado com o título de ministro da Derrota, sucedendo Zé. Poderia também escolher uma mulher de sangue real. Quando a circunstância fosse favorável e o atentado viável, Zé devia avisar à filha de Mugo Naaba antes da cerimônia, no coração de Ugadugadu mesmo, a fim de que ela e seu irmão tivessem tempo de se preparar. O negócio não podia dar errado, ninguém duvidava. Zé devia também roubar um uniforme do pai deles e deixá-lo pronto em seu próprio quarto. A filha se encarregava de prevenir o irmão, o príncipe herdeiro. Eles acorreriam sigilosamente, como ditavam as regras, e a cerimônia da sagração seria realizada. Zé finalmente teria direito de fazer amor com a mulher, e depois ela seria, à moda do antigo Egito, esposa de seu irmão imperador, esposa do homem que a teria revelado mulher em público, e com quem partilhava incestuosamente o leito já há muito tempo, pelo trono. Zé preveniu-os imediatamente, assim que soube que Mugo Naaba ia declarar sua guerra simulada ao cúmplice deles. Ora, esse irmão desajeitado, esse marido antinatural incapaz de tomar o poder sozinho, a filha acabava de matá-lo com um golpe de taco de bilhar.

Pela manhã, depois da execução sumária do cúmplice, Zé teve a sorte de conseguir se esquivar a tempo e encontrar o irmão e a irmã em seu quarto. Ela já estava vestindo os trajes do triunfo, disfarçando-se de futuro soberano. Seu irmão ajudava-a a colocar o uniforme de Mugo Naaba, grande demais para ela, que lhe seria arrancado daí a pouco. Não sabiam do fracasso do atentado e tinham olhado para Zé como se ele fosse responsável, mas nada fizeram, completamente aterrados. Depois ficaram escondidos ali até a partida de Mugo Naaba para um banquete na casa dos colonos negocistas, feliz porque sua vida fora salva. Zé evitara permanecer com eles durante o dia, e o convite para jantar não se referia ao ministro da Derrota. Dissera que ia fazer alguns pontos no bilhar.

À noite, Zé, que estava jogando sozinho, viu-os chegarem ao salão de bilhar. Bem-educados, queriam, como diziam no francês deles infimamente correto, fazê-lo pagar o pato. Em suma, designá-lo como instigador do atentado e salvarem a pele. Uma manobra que ele previra. Em vez de replicar imediatamente pela violência, convencera-os de que o pai deles nunca o julgaria capaz de um golpe de Estado. Não da parte de um ministro da Derrota. Mas a filha estava obstinada, e o irmão ficara louco de terror. Brigaram. Zé derrubara o homem sobre o bilhar, semi-estrangulado pelo taco sobre a garganta. Depois conseguiu despertá-lo com pequenas boladas, vermelhas ou brancas, nas têmporas. A mulher deixara-os naquilo. Até que tomou uma decisão. Matou então o próprio irmão, com um golpe de taco, e propôs a Zé repetir o atentado contra Mugo Naaba assim que ele retornasse aquela noite. Depois, ele tomaria o avião do dia seguinte para a França, e ela o acusaria de tudo. Naturalmente, ele não seria perseguido. Onde quer que estivesse.

— O que ganharei em troca?

— Isto!

Um belo saco de diamantes brutos escondido no fundo da gaveta das bolas embutido na estrutura da mesa de bilhar. Anos de incursões guerreiras de Mugo Naaba, anos de vitória.

— E isto.

Zé olhara os seios da mulher, os cabelos trançados, que desequilibravam o chapéu cerimonial. Uma vez completamente nua, estendeu-lhe os braços. Zé deveria recolocar o uniforme que ela acabava de tirar no lugar a fim de que no palácio tivessem certeza de que ela não encomendara o segundo assassinato. Ela tomaria o poder sozinha, imperatriz sem imperador, pela primeira vez em séculos. Zé, o ministro da Derrota, topava?

Zé não tinha esperado aquela carícia: não estava seguro de resistir. Seu taco por acaso estava de pé... um único golpe também bastara para ela, que caíra sobre o uniforme. Em seguida, Zé fugira para os armazéns do aeroporto, de onde alcançara a França clandestinamente graças aos funcionários, seus conhecidos. Com os diamantes. Só lamentava não ter tido tempo de escutar todos os discos da Würlitzer.

O que não dissera à mulher: tinha certeza de que seria executado no dia seguinte como ministro fracassado, pois ganhara de Mubo Naaga no bilhar. E o soberano, em sua extrema misericórdia, o poupara. Sob a condição de que eliminasse sua filha e seu filho primogênito, cuja participação no complô era do conhecimento dele. Combinado. Zé honrara seu primeiro e último contrato como assassino profissional. Em cima de uma mulher com quem poderia ter falado de amor. Caso contrário, sofreria a mesma sorte no dia seguinte. E, desde então, buscava expiação.

## 16

Oh! a floresta dos tacos de bilhar em riste! Inflexíveis e eretos, inabaláveis! O farmacêutico a princípio os ignorou — a soberba dos notáveis arrogantes cujo infortúnio íntimo é exibido como garantia de honestidade. As mãos sobre o balcão forrado de acaju, os olhos no teto forrado de verde, ele era o caminhante perdido de um bosque fechado irrefratável à atmosfera. Perdido e digno, observa o jogo do sol ou da lua. Fia-se em falsas constelações, julga decifrar uma rota e vê apenas céus tão sedutores e mentirosos quanto horóscopos. Sim, na verdade esse remoto farmacêutico não se parecia com nada mais que isto.

Entre sua balança de precisão e o rótulo com um leão de uma gama de medicamentos, deve ter lido um destino favorável. Confiante, avançou até a porta envidraçada, a qual trancou, avental branco e balouçante em torno da sua pequena pessoa.

MICHEL QUINT

— Normalmente já estaria fechado... Mas já que entraram... Bastien estaria precisando de um revulsivo? Uma torção nos rins jogando bilhar, e o jogo é interrompido para tratar a vítima? Digo isto por causa dos tacos... Que vocês não largaram...

Os outros tinham se alinhado diante dos expositores de produtos parafarmacêuticos. Será que podemos dizer que não eram mais eles mesmos, embora reconhecíveis? A ossatura das fisionomias, torturada, esculpia-lhes a boca. Violette, pés juntos e maxilares idem, estava feia no oriente lívido dos néons que agrediam seu vestido e a pele de todos. As falanges perdiam a cor sobre a madeira escura dos tacos. Tudo recendia a mentol, pomada canforada e todo o exotismo fúnebre dos laboratórios.

— Onde está Ida?

— Não, não... Vocês interromperam uma partida só para me pedir novamente notícias de minha filha?

Encostado na porta, mantinha as mãos retas, atrás de seus quadris magros e seu avental pendente. Do lado de fora, o crepúsculo turvo dos postes de luz atravessava sua silhueta, untando-a de azul noturno e a lambendo. Bastien repetiu a pergunta.

— Com a tia. Minha cunhada. Estão fazendo uma pequena viagem. Não tenho nenhuma notícia delas e não tenho condições de encontrá-las. Estão em viagem, entendem... Foi por intermédio da minha infeliz mulher que souberam? Seria por ela que estão aqui?

Ninguém respondeu. Os rostos se mexeram. Claro que as coisas se explicavam. Justificações, palavras para agradar, ele poderia oferecê-las em sachês volumosos, servidos por cima do balcão junto com um sorriso para uma cliente doentia e bonita. Mas eles estavam bem distantes das frases e dos truques que parecem se assemelhar à realidade. Estava mentindo, não? O universo carrega chumbo nas asas, e nada será como antes.

Zé mantinha a pálpebra semicerrada, toda respiração suspensa. E todos se esqueciam de expirar, vendo naquele estranho vazio interior de antes uma tacada de sonho.

— Coitada... Estão preocupados por não encontrá-la mais pela cidade? Numa hora dessas? Então correram para saberem notícias que desconheço? Aliás, nos conhecemos tão mal... Eu não sabia que minha mulher e Ida eram tão amadas...

Ele ofegava, manipulava seu molhe de chaves, olhava, meio de viés, para o cais, com uma das mãos de viseira. Passou um carro que eles não viram nem ouviram. O farmacêutico dizia:

— Pronto... A visita de vocês me devolveu um pouco da coragem que eu não tinha. Nem mesmo à cremação em Marselha eu fui. Vê-la partir, nós dois sozinhos e ela que se ia... Seria demais. Quando Ida voltar, iremos ao túmulo, rezar... Vou abrir para poderem continuar o joguinho de vocês...

Curvou-se em direção à fechadura. Não devia ter se abaixado. O taco de Chef, o mais próximo dele, desabou sobre seus rins, o de Samson, lançado entre suas pernas, o impediu de recuperar o equilíbrio, ele rolou horizontalmente, no meio dos ladrilhos pistache, e Bastien deu o golpe seguinte.

Antes que conseguisse se reerguer, foi cercado. Zé desferia estocadas com a ponta, Samson massacrava-lhe os ombros cada vez que tentava se apoiar nos cotovelos. Não parecia pensar em gritar. A menos que fosse capaz. E, sublinhando os choques secos do eco de sua carne, ouvia-se apenas Violette ganir como um cão doente. Ele acabou conseguindo se virar de costas, quase se apoiar sobre o pé antes de ir dar de cara contra o balcão. Metodicamente, sem ódio, Chef e Samson dedicaram-se a impedi-lo de fugir para os fundos da loja. Para uma série, as bolas devem ser mantidas num canto. Bastien surrava-lhe rudemente as pernas, a ponto de seu taco rachar ao comprido. Zé continuava a se fazer de espectador. Todos pareciam fechar os olhos e assassinar às apalpadelas. Mas as pupilas reluziam. Apenas elas e as madeiras dos tacos.

●

Um único golpe de taco. O único desferido por Violette, nas têmporas, com toda a força. A cabeça do farmacêutico rolou de lado, estava morto. Desnecessário constatar o inevitável, apenas espantavam-se com a rapidez do acontecimento. Zé continuava a fustigar maquinalmente o cadáver, como se sonda uma água subterrânea com a ponta de um gancho. Estenderam-no noite fechada. Chef enfurnava o dinheiro do caixa cheio na bolso do seu moletom sem verificar o montante. Ao mesmo tempo não eram eles, não podiam ser eles, ninguém os reconheceria... Violette já titubeava sobre o cais, arrastando seu taco atrás de si, centurião derrotado cuja lança ensangüentada está demasiado pesada. Os outros foram em seguida, alcançando-a na beira da enseada. Se alguém os viu entrar na farmácia ou dela sair, não souberam de nada. Mas impossível não terem sido vistos, aqueles que caminhavam no coração do mundo, olhos voltados para o céu.

Iam às cegas, semblante altivo, taco vacilante. Violette navegava à frente. Zé tropeçava por último. Arqueavam os joelhos, tremiam e retomavam impulso até a escala seguinte. A última os lançou na porta do bar. Ao fundo, a Würlitzer desencadeava um apocalipse de relâmpagos de cores suaves. Arrastaram-se até ela como em direção a uma primeira aurora. Zé pegou com as palmas da mão água morna de uma garrafa esquecida e refrescou as faces e o torso. Mendigaram-lhe as últimas gotas, com as quais ele ungiu a testa. Puseram-se então de pé e, pela escada escura, alcançaram o céu.

Joseph permanecia como o tinham deixado. Estendido sobre o bilhar no meio dos diamantes, o capacete encostado na tabela, jazendo clownesco com uma bola vermelha enorme no lugar da cabeça, a carabina preta apertada entre os braços.

## MICHEL QUINT

Assim vemos, nas tampas dos sarcófagos, os reis mortos ainda agarrados à sua espada. Duas patas sobre o coração, Bertolt, bebum, lambia a ferida do peito dele.

Sentaram-se ao redor e começaram a esperar.

Este livro foi composto na tipologia Agaramond,
em corpo 12/17,6, e impresso em papel
off-white 80g/m², no Sistema Cameron
da Divisão Gráfica da Distribuidora Record.

Seja um Leitor Preferencial Record
e receba informações sobre nossos lançamentos.
Escreva para
**RP Record**
**Caixa Postal 23.052**
**Rio de Janeiro, RJ – CEP 20922-970**
dando seu nome e endereço
e tenha acesso a nossas ofertas especiais.

Válido somente no Brasil.

Ou visite a nossa *home page*:
http://www.record.com.br